universal grinder manuskripte
continued

Auszug eines Gesprächs mit dem Autor
Wochenendbeilage des Marburger Tageblatts vom 11.12.2020

MT: *Verstehe ich das richtig? Wenn dies vorerst nur ein Vorabdruck ist, desgleichen verlautete es vor einem Jahr auch zum ersten Band der "grinder manuskripte", den Irrungen des Reisenden Argo. Sie haben einen Hang für's Provisorische. Unseren Lesern könnten Sie durch das kleine poetische Werk "riding stellar winds" bekannt sein, da lässt man im Urteil manches durchgehen. Ihr Prosawerk sähe sich schon eher mit angesagten Erwartungen an einen zeitgenössischen Autor, in Bezug auf Authentizität des Erzählens, konfrontiert.*

JR: Klingt nach einem abstrakten, anonymen Auftraggeber.

Besser gesagt, verlangen die gegenwärtig umwälzenden Zeiten nicht von Autoren, diese in ihren Werken zu spiegeln, und sollten Sie nicht darüber Ihren Lesern Einsichten vermitteln?

Sie sagen sollten, halte mich lieber an, "kein Sollen aus dem Sein."

Heidegger?

Denke an David Hume und den "Naturalistischen Fehlschluss."

Hat Hume Sie auch aus einem "dogmatischen Schlummer" geweckt, angesichts der Herausforderung gewandelter Zeiten?

Auf Immanuel Kant zu sprechen kommen, in der Gegenwart erleben wir leider den Triumph der Gesinnung über die Urteilskraft, das ist ein schwerer Rückschlag für die Aufklärung.

Wird von Schriftstellern nicht erwartet, Gewissen ihrer Zeit zu sein, und das Böse zu demaskieren?

Meine Sicht auf die Dinge bliebe da eine pazifistische Flaschenpost im Ozean der Ignoranz. Ich hüte mich das Böse zu personalisieren.

Die sozialen Plattformen des Internets haben den Speakers' Corner des Hyde Parks um unendliche weite Räume erweitert, eine digitale Flaschenpost würde nicht lange verloren dahintreiben.

Wenn es ein Gewinn für die Meinungsfreiheit, andererseits ein Verlust für die politischen Herrschaftstechniken unablässiger Konditionierung des Denkens ist, kann ich das nur begrüßen. Leider hat das Internet viele Inseln, nicht gerade in nachbarschaftlichem Austausch, das bedauere ich. Eine Neutralisierung der Energien.

Zum Abschluss, wenigstens eine positive Botschaft ihrerseits?

Hieße positiv nicht, ich wäre infiziert?

Richtig, und negativ meint, Alles ist gut.

Dann weiß ich die Distanz, den Blick von der Peripherie, sehr wohl zu schätzen.

Und was gibt es auf diese Weise kundzutun?

Wüsste ich, warum ich schreibe, mir ginge die Faszination und der Elan daran verloren. Doch was mich mit allem am meisten versöhnt, ist das heutige Honorar, reicht für eine gute, wirklich exquisite Flasche Whiskey. Danke Ihnen.

Ganz meinerseits.

grinder manuskripte
continued

jürgen rahn

Bibliografische Information der Deutschen Nationalbibliothek: Die Deutsche Nationalbibliothek verzeichnet diese Publikation in der Deutschen Nationalbibliografie; detaillierte bibliografische Daten sind im Internet über dnb.dnb.de abrufbar.

grinder manuskripte - continued (2019)

ISBN: 978-3-7597-5132-4 (2024)
Verlag: BoD · Books on Demand GmbH, Überseering 33, 22297 Hamburg, bod@bod.de
Druck: Libri Plureos GmbH, Friedensallee 273, 22763 Hamburg

Zweiter Band der Reihe "universal grinder episoden"
© 2018 Jürgen Rahn
parmenides publishing
Brunnenfrosch - Kleiner Tellerrand

Text, Abbildungen und Gestaltung: Jürgen Rahn
Korrektorat: Bertram Rutz

Abbildung des Buchumschlags:
"Magnolien im Theatergarten" (2011) 92 x 120 cm
Farbige Tusche auf Hahnemühle "Japicol" Papier 220 gm2

Chinesische Stempel, geschnitzt von Wang Ning:
Impressum, "Namensstempel" des Autors
rückseitiger Buchdeckel "der Brunnenfrosch betrachtet die Wolke"

"Beim Gebrauch der Waffen gibt es seit alters ein Wort:
»Ich wage nicht, den Hausherrn zu machen,
Sondern mache den Gast;
Ich wage nicht, um eine Daumenbreite vorzurücken,
Sondern weiche ein Fußbreite zurück.«

Wahrlich:
Wenn zwei die Waffe gegeneinander erheben,
Wird der, der trauert, siegen."

Lao-tzu im Tao Teh King
aus dem kapitel 69
in der übersetzung von Günther Debon

eine terrasse segelt in den nachthimmel

Vom anstehenden sommer angezählt, letzte tage eines mild beschwingten frühlings tun sich schwer zu weichen, tags im schatten kürzenden lauf mittäglicher sonne zunehmender hitze ausgeliefert, welkende blumenpracht, das grün der wiesen dehydriert, und die hoffnung, wenigstens der tagesausklang brächte linderung, wird immer häufiger enttäuscht. Wer kann sich heutzutage noch ungetrübt auf die zeit des sommers freuen?

Kostbar, das vermächtnis letzter frühlingstage, so auch an diesem abend, ein entspanntes durchatmen in balsamisch ätherischer fülle, anwehender duft blühender linden aus dem park. Am frühen abendhimmel sammeln sich in großer höhe kleine weiß wattierte wölkchen zum stelldichein, arg zerzaust nach langer tagesreise, nun friedsam im bad des mildtätigen lichts letzter sonnenstrahlen, der welt dort unten ein versöhnliches beispiel gebend. Rein nichts erlaubt uns anzunehmen, auch nur eines dieser wölkchen dächte, ein identitäres seiner selbst wahren zu müssen.

"Ich wandele, also bin ich", scheinen sie uns zuzurufen, *"denkt darüber nach. Die alte leier, ich arbeite, also bin ich, soll und haben, ist das all eure lebensweisheit?"*

Mantra des erfolgsstrebens, ich will, also bin ich, ellenbogen gespreizt, des einen gewinn ist des anderen verlust, die ersteren immer reicher, die anderen immer zahlreicher, wie kann das gut gehen?
Eine mit allen wassern gewaschene religion gewährt dem gewissen ein gesegnetes ruhekissen, einen schuldenerlass, unter dem siegel der verschwiegenheit vor strafverfolgung.
Eine andere religion ist darin weniger umständlich, die welt sich untertan machen, reibach zu machen entsprach gottes gesegnetem willen.
Hingegen, in der körperlichen ausstattung des menschen

hatte ihm die natur keinen privilegierten rang zugestanden, er ist eher ein naturabtrünniges mängelwesen zu nennen, seine schwächen in selbstüberhebung kompensierend. Die botschaft der wolken stände ihm besser zu gesicht, mehr auf gleichberechtigte vielgestalt, auf kooperation, denn auf unterwerfung des ihm fremden und schwächeren zu setzen.

"Schweif nicht ab", hätte der Brunnenfrosch den autor bei dieser gelegenheit eingewandt, eine mahnung die ihm auch so gegenwärtig wurde.
Denn jetzt, nach abschluss einer ermüdenden besprechung im verlag, sitzt der autor mit Lucy Haven zu einem absacker auf der terrasse seiner maisonette, hoch über der stadt und den baumkronen eines unter ihnen gelegenen parks, ein letzter Scotch, eine flasche Roten wartet, immerhin schon geöffnet, es sei ihm gestattet durchzuatmen, ehe er später verschnuppelt wird.

Eine symmetrie abendlicher spiegelung auf der seitlichen fensterfront des dreieckigen giebeleinschnitts der terrasse läßt sie gleich dem bug eines bootes erscheinen, das in den abendhimmmel gen westen segelt, und aus dem inneren des raumes, die spiegelung der fensterfront durchdringend, bei zunehmender dunkelheit immer deutlicher, das licht der dort hängenden marokkanischen château-lampe, die jetzt als schiffslaterne ihren dienst tut, während eine milde brise dem fahrtwind gleicht. So nimmt dieses boot fahrt auf, über den dächern der stadt, ferne straßengeräusche versacken, desto klarer weht der abendgesang der vogelwelt des parks herauf.
Im nachhall der obigen mahnung des Brunnenfroschs, nun Lucy, "deine wolkenmeditation steigt dir ganz schön zu kopf. Denk an deine leser. Geduld zu hoch gespannt schlägt um. Eiliges vorausblättern, kein gutes zeichen."
"Ja was suchen sie denn beim herumblättern, erwartungen sind ohne zahl, und doch soll's wiederum das unerwartete sein. Das naheliegende wird oft übersehen."
"Ein autor lässt sich auf seine protagonisten ein, wohl kaum naheliegend, vielen eher etwas seltsam. Ein Pygmalion bist

du ja nun auch wieder nicht, mein freund."
"Auf dem weg meines tastenden schreibens entdecke ich immer häufiger, ihr seid mir alle längst voraus, ruft mir zu, *hier bin ich* oder *bin schon da*, und mir bleibt nur noch, das geflissentlich aufzuarbeiten."
"Du wirst doch ein exposé, einen fahrplan haben, an den du dich im zweifelsfall halten kannst?"
"Verlagen beliebt als erstes danach zu fragen. Erinnert an die besinnungsaufsätze der schulzeit, klippen an denen mir jeder gedanke in sprachlosigkeit zerschellte."
"Blieb dir ja reichlich zeit vergönnt, daraus zu lernen."
"Zugunsten dieser exposés?"
"Ja nun, ein rahmen, angesichts all dessen, was im detail dir noch nicht so recht präsent ist, der dir hilft die gedanken zu ordnen und zu lichten."
"Da gab's bei mir nie was zu lichten. Wenn einem solches vorgehen völlig abgeht, dem bleibt doch nur im scheitern eine chance."
"Dann bedenke, hast mich ins kalte wasser springen lassen, empfangsdame eines patentanwaltes, meine vergangenheit verborgen, als gäbe es keine", Lucy hält inne, "vergeben und vergessen, die große glocke wäre viel zu schwer, zöge nur runter, immerhin bin ich in günstiger position."
Der autor schweigt, seine kindheit möchte er nicht missen, doch sie scheint nicht ohne absichten zu sein.
Lucy, ruhigere gewässer ansteuernd, "du machst das doch sehr rücksichtsvoll, bist deinem personal keine rechenschaft schuldig, und wenn ich mir gedanken mache, wie über diese seltsamen beruflichen abwesenheiten von Argo, ich wende mich an ihn, soll jetzt keine frage an dich sein."
"Das schätze ich an dir, du lässt jedem einen ausweg."

Gelöstes schweigen. Nur der gläser heller klang wortlosen wohlseins. Das terrassenboot segelte weiter auf seinem kurs in den abendhimmel. Die wölkchen hatten sich zum letzten aufzug ihres balletts umgekleidet, nun rosarot kostümiert. Immer noch schossen letzte rauchschwalben durch die lüfte. Wie gut meint die Erde es doch mit ihren geschöpfen, den hohen himmel tags mit so fein gewebtem lichten stoff geschmückt. Auch die geschöpfe der nacht und der dunkelheit kommen nicht zu kurz.

Die sinkende sonne lüftet ihre letzten schleier, weicht dem von osten aufsteigendem grenzwertigen ultramarin, bis das gesamte firmament aus der schwärze unendlicher tiefe des weltraums übergossen, ausgefüllt mit sternengefunkel, ein nächtliches szenario, dessen kälte der einbildungskraft des betrachters wenig anzuhaben scheint. Immerhin ruft die sonne sich auch aus dem verborgenen in erinnerung, die anwesenheit der mondin mit dem von ihr geborgten licht.

Lucy, sich vom blick in die ferne zurückmeldend, "nun also, Argo's ständige reisen, spricht vom vermessungsdienst, die korrekte drehung des planeten mit allem drum und dran im auge zu behalten, gelegentlich nachzujustieren, kann ja nur was wissenschaftlich astronomisches sein, klingt aber doch ganz danach, als müsste er mindestens ein oberinspektor sein."
"Halt ein Lucy, da wird er ganz schön übertrieben haben."
"Sicher, ein verkannter, genialer erfinder, zugegeben, gewiss das gegenteil von jemandem, dem an einträglicher arbeit und beruflichem fortkommen, haus und familie liegt."
"Lucy, du kennst ihn mittlerweile besser als ich, werde ihm notfalls auf die finger klopfen, schwächen mag er haben, in grenzen, doch woran sollte er scheitern, hat keine vorsätze, an denen er scheitern könnte."
Bedächtig nippte Lucy an ihrem Roten, "was du schreibst, steht schwarz auf weiß, ist nichts mehr dran zu rütteln. Aber ist es wahr, dass jene aufdringliche gesellschaftsdame, die in einer bar der *Bosporus* ein auge auf Argo hatte, sie so etwas wie meine wiedergängerin sein könnte, bin ich sie zu guter letzt sogar selber?"

An dieser stelle bittet der autor der leser um nachsicht, das zur rede stehende ist ihm ja nur als beiläufiges, ungeklärtes geschehen bekannt. Für die gleich folgenden erörterungen, vorgriffe auf spätere episoden, entschuldigt sich der autor, und es besteht jetzt, im filmtheater *spoiler* hinweis genannt, noch die möglichkeit, bis zum anfang des nächsten kapitels voraus zu blättern.

"Lucy, das ist längst geklärt, du sprichst von Lavie Duport, namensanklänge, ein offen gehaltene option, entschuldige, aber dich so unvorbereitet in ein anderes planetensystem zu schicken schien mir doch zu gewagt. Habe wenig talent zu einem glaubwürdigen sci-fi autor, der wissenschaftlich fundierte theorien darzulegen versteht, fahre eher in deren windschatten, schreibe auf dem gebiet allzu unzuverlässig, gefahren und folgen, denen ich dich und andere jedenfalls nicht auszusetzen gedenke."
"Nimm's leicht. Gibt doch sowieso nichts, was es nicht gibt. Hätte zur abwechslung nichts dagegen, in die rolle einer mondänen spionin zu schlüpfen, sie hat sicherlich einen illusteren chef?"
"Du erinnerst dich an Lavie Duport, du dürftest ihr schon mal begegnet sein, auf einem der redaktionstreffen beim Brunnenfrosch."
"Bin mir nicht sicher, jedenfalls wenn sie attraktiv ist und bescheid weiß, dann ließe ich mir diesen rollentausch gerne gefallen."
"Aber die bekanntschaft mit Mr. Peekaboo hast du meines wissens in der redaktion schon gemacht, er ist der chef der genannten Lavie."
"Oohh."
"Was heißt oohh?"
"Na ja, immerhin ein trilliardärisches schwergewicht, aber es gibt auch schattenseiten, nicht frei von lastern."
"Wer ist das schon?"
"Na hör mal, er trinkt nur selterswässerchen. Sonst könnte er ja ganz akzeptabel sein."

Damit war im grunde alles wichtige gesagt, auf alles wesentliche im praktischen leben verwiesen. Beide füllten ihre gläser nach, der Rote ging zur neige.
"Einen moment", der autor erhob sich auf, "gleich zurück", und nahm die geleerte flasche mit in die küche, gab ihr

einen platz neben anderen leidensgenossinnen, musste mit ansehen wie er dem kühlschrank einen Sauvignon Blanc entnahm, empört rief sie, "reicht's denen denn immer noch nicht?", was wohl nur der kühlschrank hörte. Gäbe es ein solchen allwissenden, der das leiseste gewisper der dinge mitbekäme, er dürfte sich in den weiten des universums als ein verdammt überforderter, folglich erst recht als einsamer klausner fühlen.
Der autor, den geist des wohltemperierten Weißen seines korkens befreit, der applaus Lucys war gesichert.

Den klaren nachthimmel beherrschend, die zu scheinbarem stillstand geronnne milchstraße, mochte vorhin die klage der exilierten rotweinflasche gehört haben, verharrte aber in sphinxhaftem schweigen.

Der bestirnte Himmel über mir und das moralische Gesetz in mir, daran stimmte etwas nicht. Die kalt glitzernden welten da oben veranlassen nicht im geringsten, sie mit laternen gastlicher herbergen zu verwechseln, sozusagen der kategorische imperativ als lang gesuchte weltformel?

Lucy, "inspirierend, doch schade nur, dass dir der besuch im *Divin' Duck* verwehrt ist. Dort zeigt sich des universum in seiner zeitlosigkeit. Hier und jetzt, und sonst nichts."
"Da scheiden sich unsere rollen, unüberwindbar, die grenze zwischen poesie, der verhaftung des dichters in einer von ihm nicht ausgesuchten wirklichkeit, und der, an der er nur schreibend teilnehmen kann."
"Lieber autor, dies bleibt mir ein unvergesslicher abend."

Ein taxi wurde bestellt. Nach redaktionstreffen, auch heute keine ausnahme, quartierte sich Lucy gewohnter weise bei ihrer freundin Effie Périnée ein, die treue vorzimmerdame des verlagschefs Kleiner Tellerand, die sicher schon auf sie wartete.

fern des sichtbaren
die nacht vollendet das licht
perlend frisch der wein

verhinderter showdown in der mittagszeit

Mittagszeit, das restaurant war gut besucht. Uncle Jules, der mann vom planeten *Tau*, damit beschäftigt von den tischen gebrauchtes geschirr abzuräumen, neue gäste hatten längst wieder platz genommen, voller unmmut bei ihm nicht auch bestellen zu können, was an diesem tag eine, auf der *Bosporus* vorherrschende, allgemein nervöse gestimmtheit, noch verstärkte. Anlässlich des besuchs der *Themis* hatten sich im nu die verwegensten spekulationen darüber verbreitet, von den aussichtsdecks unübersehbar, die dunklen umrisse des angedockten raumkreuzers. Seit der ankunft tat sich nichts, auch keine verlautbarung der kommandantur.
Das leben auf den öffentlichen decks verlief wie gewohnt, nur weniger lebhaft. Reisende und personal blieben den ins kraut schießenden gerüchten ausgeliefert, was sich im lauf des tages zu einem missvergnüglichen grundrauschen einpendelte.
Es glich dem erwachen aus einer betäubung, als die höfliche eingangstür des restaurants zwei androiden *centurio* einlass gewährte, gockelstolz erhobenen hauptes, mit ihren rot leuchtenden querstehenden hahnenkämmen im türrahmen stehend innehielten, freundliche frage der tür, "bitte sehr, rein oder raus?", also machten sie brav einen weiteren schritt nach vorne, mit scheppernder brustwehr, um dann nahe der, sich hinter ihnen diskret schließenden tür gleich wieder stehen zu bleiben.
Priceps prior: "Bitte um aller aufmerksamkeit, wer von den anwesenden nennt sich Argo, oder ist *Argonier*?"
Von *Argoniern* hatte noch niemand etwas gehört, selbst in einem so großen system von 24 planeten, ausgeschlossen, dass dort jemals ein solches völkchen beheimatet gewesen sein könnte, und der glutplanet *Alpha* kam nicht in betracht. Nur Uncle Jules mochte sich seinen teil denken.

Biceps prior, ungeduldig zu Priceps prior: "Wer aus diesem haufen zivilisten wird sich denn schon freiwillig melden, zeigen wir denen mal was wir drauf haben", eine hand am griff seines cyberschwertes und die anwesenden im blick. "Also, wer ist anständig genug sich zu bekennen, mit gutem beispiel voran, wir können sonst auch anders", dachte einen besonders guten einfall zu haben, ergänzend, "wer wagt gewinnt, nur mut, die ersten ...", er stockte, wusste nicht weiter. Im hintergrund verhaltenes lachen.

Priceps prior leise: "Falsches zitat, den letzten beißen die hunde."

Biceps prior, erneut: "Es möchte kein hund länger so leben, wie ehrlos feige *Argonier*. Ihr habt euch in diesem saloon verkrochen, zeigt euch!"

"Dies ist ein restaurant", rief einer der kellner, "nehmen sie doch bitte platz."

Priceps prior, besorgt, zu seinen heißblütigen partner: "Du magst ja recht haben, wenn's nun nicht nur zwei, drei, gar alle verkappte Argonier sind, wär besser wir holten unsere kohorte zu hilfe."

Die gäste, kellner und auch Uncle Jules waren dieses wirren auftritts der beiden *centurio* langsam überdrüssig, an den tischen wurden gespräche wieder aufgenommen, laute rufe nach bestellungen und dass endlich das georderte serviert würde. Kellner flitzten wieder hin und her, nur der mann vom planeten *Tau* genoss eine kleine pause, alles diskret beobachtend.

Die beiden emissäre der *Themis* traten verlegen von einer sandale auf die andere, uneins, weiter im eingangsbereich verharrend. Priceps prior war entschieden für vorläufigen rückzug, nur war Biceps prior nicht mehr zu halten. Mit wachsenden zorn, entschlossen ein exempel zu statuieren, unternahm er drei gewagte rüstungklirrende schritte nach vorne, sein kamerad musste wohl oder übel aufschließen.

Uncle Jules amüsiert, zu sich selbst, "schade doch, der weltraum taugt wohl nicht für gute western randale. Diese beiden legionäre haben's schlichtweg nicht drauf, wohl im innendienst und verlernt so richtig schurkisch zu sein."

"He du da" rief Biceps prior, zu ihm hinüber, "was stehst du da untätig an der theke herum, bedienst nicht, tische im blick, bist du der chef?"

Jules, seine kurzweiligen fantasien verabschiedend, nun laut vernehmbar, "vielleicht wollen die herren so höflich warten, bis ein tisch frei wird?"

Kellner applaudierten, gelächter an den tischen, ein kellner ergänzend, " nicht zu vergessen, waffen und hahnenkämme bitte schon mal an der garderobe abgeben."

Priceps prior: "Mein guter Biceps, das ist eine falle."

Den ernst ihrer mission nun mit einer gesicht wahrenden demonstration bekräftigend, sie zogen und hoben drohend ihre cyberschwerter in die luft, wobei Biceps prior besonders den alten Jules eindringlich fixierte.

Sie sahen mit dieser geste so verdammt dämlich aus, um eine bildanleihe zu machen, schien es, sie probten für eine neuen folge der »Star Wars franchise«, jener weltraum märchenstunde, deren verabreichten, überdosierten kino-barbiturate ausdrücklich auch für kinder freigegeben waren. Früh übt sich, wer sich später mit geistiger schmalkost zu begnügen hat. Erlösen wir erst einmal die beiden centurio aus ihrem filmstill.

"Bin unbewaffnet, bitte überzeugen sie sich", Uncle Jules hob beide arme in die höhe.

Biceps prior zu priceps prior: "Gib ihm dein schwert, ich will einen fairen kampf."

Priceps prior: "Du weißt, ein centurio gibt seine waffe selbst im tod nicht aus der hand."

Biceps prior, "solltest besser im leben mehr mumm zeigen. Nun los, mach schon."

Uncle Jules unterbrach, "kennt ihr denn nicht einmal die regeln? Der herausgeforderte hat die wahl der waffen, also sage ich, kein schwert, schlage *schnick, schnack, schnuck* vor."

Der bogen der aufmerksamkeit aller im restaurant spannte sich in erwartungsvoller stille.

Biceps prior: "Schnickschnackschnucki ist mir unter den waffengattungen unbekannt." Nochmals auf seinen partner

einredend: "Ein freundschaftsdienst, leih ihm dein schwert, ausnahmsweise. Werde bestimmt vermeiden eine scharte hinein schlagen. Der hat doch sowieso keinen chance."
Priceps prior: "Lass uns gehen. Kehren wir mit der kohorte zurück. Vielleicht darfst du später in diesem saloon nach soldatischer herzenslust aufräumen."
"Bitte mehr stil, dies ist ein speiserestaurant und keine arena", mockierte sich einer der gäste, mit der gabel sein weinglas anschlagend, als wollte er nun eine längere rede halten, doch ein kellner kam, "nochmal den gleichen?"

Biceps prior, flehend zu Priceps prior: "Ein guter showdown, hier und jetzt, die krönung meiner laufbahn, gipfel meiner träume. Willst du mir das verderben?"

Uncle Jules hatte aufmerksam mitgehört, "roboter träumen, wie kann das gut gehen?"
Biceps prior: "Achtung! jetzt wird's persönlich, der *Argonier* schimpft mich einen träumer."
Priceps prior zu Biceps prior: "komm runter, halt ein, wir kehren um, auf der stelle."
Biceps prior: "Hast du denn keinen anstand? Hier geht es jetzt auch um meine ehre."
Priceps prior musste dieser klemme entkommen. Keine ihm bekannte regel des schulbuchs wollte ihm einfallen, musste improvisieren: "Schlage vor, zur güte, da wir hier mit zivilisten zu tun haben, wer am besten ein gedicht rezitieren kann ist der erklärte sieger."
"Oohh neeiiiiin", ein aufschrei aller im restaurant.
Biceps prior vor sich hin fluchend: "Was fällt dir ein, ein poetenwettstreit ist unsoldatisch. Du hörst es, haudrauf ist angesagt."
Priceps prior, beschwichtigend, allen verkündend: "Natürlich werde ich meinen kameraden würdig vertreten", schon hob er an: "Zu Dionys dem tyrannen schlich ..."
Uncle Jules, "zurück, du rettest deinen freund nicht mehr, ich nehme an, gebt mir das schwert."
Erstaunte augen richteten sich auf den alten Jules, einige gäste und kellner klatschten sogar.

Biceps prior, trunken von seinem schlagtot eifer, ließ schon mal sein cyberschert spektakulär durch die luft kreisen.

Dann wurde die eingangstür gegen ihren willen mit wucht aufgestoßen, sie war entrüstet, kreischte in ihren angeln, ein plumper hühnenhafter robotorkoloß, ein halsloser kopf, direkt auf dem rumpf aufgesetzt, im schädel ein rotes licht das sich in einem schmalen schlitz hin und her bewegte, verkündete mit monotoner stimme: "Befehl an alle centurio, sofortige rückkehr an bord. Lagebesprechung. Ende."
Er machte auf der stelle kehrt, schon verschwunden, nur die brüskierte schwingtür noch atemlos pendelnd.
Biceps prior, am boden zerstört: "Wie kann man uns einen so hirnlosen kommiß vorsetzen?"
Priceps prior: "Solltest du wissen, mit aufsteigender position nimmt klugkeit und vernunft ab. Das ist das prinzip des herrschens, dürfte uns soldaten nicht fremd sein."
Biceps prior: "Bist auch noch philosoph? Krieg ist der vater aller dinge, basta. Dem *Argonier* hätte ich gerne mal beine gemacht, hindernislauf über tisch und stühle, alle warteten doch nur auf eine showeinlage."
Priceps prior: "Merk dir einstweilen den typen genau, seine grünliche gesichtsfarbe, deinem fotografischen gedächtnis wird er nicht entgehen."
Biceps prior, seine enttäuschung nur schwer überwindend, "hätten doch einen tisch bestellen sollen, dann mit einer pokerrunde beginnen, hätte den Grünen beim falschspiel erwischt, ja, dann ..."
Endlich sickerte beiden der soeben gehörte befehl durch ihre schaltkreise, das erforderliche handeln auslösend, sie schlugen energisch ihre sandalen zusammen, (künstliche intelligenzen, mögen sie noch so kognitive zustände haben, sie kennen keinen schmerz), sie salutierten, machten kehrt,die tür zeigte sich nachsichtig, ihnen kommentarlos den weg frei zu geben. Der abgang wurde von einhelligem applaus aller zurückgebliebenen begleitet.

Was immer diese lagebesprechung ergab, nur wenig später erfolgte der abflug der *Themis*.

was war wird niemals sein
und was sein wird ist nicht

Hinter dem hauptgebäude des psychiatrischen instituts, ein backsteinbau neugotischer anmutung, breitete sich ein weitläufiger englischer garten aus, darin der architekt jede gewissheit räumlicher distanzen mit rafinesse durchkreuzt hat. Ein erlebnis, aber Lucy, die ich begleitete, erinnerte mich daran, dass wir hier wären, einen ernsten besuch abzustatten, nicht zur begutachtung der parkanlage.
"Unverbesserlich, musst du wirklich alles mit dem auge des vermessungsspezialisten überprüfen?"
"Na sieh dich doch nur um, all diese, in ihren liegestühlen, auf den rasenflächen weit verteilt ruhenden, ihnen gereicht die gartenkunst zum balsam für die seele."
"Die patienten brauchen ruhe, wenn du das meinst."

Ein sonniger tag, pfleger hatten den patentanwalt auf eine entlegenere liegewiese verfrachtet, es hieß wir fänden ihn schon, unübersehbar, auf einer gartenliege unter einem blauen sonnenschirm mit aufgedruckten weißen wölkchen.
Vorbei an malerisch weitläufig ins bild eingefügten kleinen grüppchen, auch andere patienten hatten besucher, Lucy machte zielstrebig ihren früheren chef ausfindig.
"So lässt es sich wohl sein", begrüßte sie ihn, "aber der schirm nimmt dir alle sonne."
"Meiner Aphrodite glanz ist durch nichts in den schatten zu stellen", begrüßte er sie, aus lethargischem gedöse zurück, "habe mich zum zeitvertreib mit den freundlichen wölkchen über mir angefreundet."
"Wir haben strahlend blauen himmel."
"Selbstverständlich, wenn du kommst."
Es war ausgemacht, kein wort zu seiner früheren tätigkeit, "die therapie legt's drauf an, dass er sich selbst findet, aufblitzende fragmente des erinnerns, die sich mit der zeit zu einem klaren bild verweben", hatte Lucys neuer chef sie

instruiert. Verständlicher weise war die ganze angelegenheit für mich nicht gerade bereinigt, so oder so, konnte ich doch, mit meinem anteil an der irrfahrt des patentanwalts, mich von schuld nicht freisprechen.
"Wie du siehst, habe ich einen freund mitgebracht."

Ein kurzes zögern, er bedachte mich mit flüchtigem nicken, als existierte ich nicht. Unsichtbar, die verschlungenen wege des erinnerns. Einige momente später stutzte er dann doch, fixierte mich wie geistesabwesend, wiederum durch mich hindurch blickend, klang dann aber unerwartet ganz helle, mit einer bemerkung.
"Oh ja, ich beschäftige mich sehr intensiv mit kosmischer chronometrie, die frage, ob zeit eine physikalisch stabile, wirklich ausreichend definierte dimension ist, im gesamten universum auch gleichermaßen gültig? Räume können uns foppen. Dieser park gibt eine ahnung davon."
"Ja Sir, ich mag klug angelegte parks, das sinnestäuschende spiel mit dimension, desgleichen auch das der zeit, uhren können rasen, oder ein sekundenzeiger kriecht und kriecht mühsam voran um einer minute ziellinie zu erreichen."
Er starrte mich an, sogleich irrten seine augen wieder ins nirgendwo, funken des wiedererkennens, zu schwach um zu zünden, "aber haben sie schon einmal den minutenzeiger fahrt aufnehmen sehen, zunehmend schneller als erlaubt?"
"Wer könnte das verbieten, der messbaren zeit unterliegen unsere sinne nicht, erst recht nicht unserer fantasie."
 Lucy starrte mich entsetzt an.
"Bist du ebenfalls reif für die klapse? Was quatscht ihr da für hirnrissiges zeug."
Lucy, wenn auch als chefsekretärin des institutleiters tätig, diagnosen sind ein anderes. Doch dürfte sie wohl ahnen, ihr einstiger chef konnte nicht ganz so behämmert sein wie er hier von allem abgeschottet behandelt wurde, obwohl sie meine version des ablaufs jenes tages nicht akzeptierte.

Zwei weiß gekleidete pfleger hatten die situation schnell erfasst, waren sofort zur stelle, noch ehe weitere worte gewechselt werden konnten, nahmen den patienten ihn ihre

obhut und an Lucy gewandt, "frau Haven, was immer den rückfall des patienten verursacht hat, sie sind Dr. Dinglich eine erklärung schuldig", und auch ich wurde mit einem misstrauischen blick bedacht.
Ratlos blieben wir auf dem rasen zurück.
Gewiss wanderten unser beider gedanken getrennte wege, verstanden es wenigstens, uns in dieser unklaren situation nun nicht mit kurzatmigen vorwürfen des soll und haben einander rechnungen vorzuhalten. Lucy meinte es deshalb wohl auch eher versöhnlich, "mein lieber, wie solltest du's auch besser wissen. Manche patienten, kaum hört ihnen jemand zu, geht auf seine marotten ein, unterstützt das doch leider nur, seine neurosen weiter zu kultivieren."

"Die philosophie deines neuen chefs scheint mir eher eine geschäftliche. Dauerpatienten versprechen ein einträgliches geschäft. Dein Alex ist ihm durch die lappen gegangen, aber mir scheint, dieser Dr. Dinglich hat seine einnahmequellen doch ganz gut unter kontrolle."
"Und was soll ich ihm also über den vorfall berichten?"
"Könntest ihm sagen, sein patient habe sich hellsichtig zu fragen der zeit geäußert. Warum darf ein patentanwalt sich nicht gedanken darüber machen? Manche erkenntnisse und erfindungen sind oft der zeit weit voraus."
"Aber meinst du nicht, ziemlich spinnert, von eigenmächtig schneller gehenden uhren zu sprechen?"
"Wenn er es denn vielleicht wirklich erlebt hat, das müssen nicht immer gleich hirngespinste sein."
"Du bist ziemlich leichtgläubig, besser du lässt mich das gleich dem chef alleine erklären, hältst dich zurück."
Der gedanke, den rückweg durchs institut zu nehmen, behagte mir nun ganz und gar nicht, es kämen fragen auf, die ich Lucy ersparen wollte.

"Zu diensten", die leise stimme des Dschinn, und wie ein gerufenes taxi, schwebte meine parkbank ein, platzierte sich auf dem rasen vor uns, unauffällig, als gehörte sie zum inventar des instituts. Diesmal an einer aussenseite der bank sogar ein papierkorb angehängt. Scheint einen sinn

für ordnung zu entwickeln. Lucy war in gedanken noch tief in das vorgefallene verstrickt, nicht das geringste erstaunen über die ankunft der bank.
Wir setzten wir uns. "Lucy, heben wir also erst einmal ab ins blaue, hilft auf klare gedanken zu kommen."
"Wenn's so leicht wäre, immer ins blaue hinein, du, dem nie die stunde schlägt."
"Bis auf eine letzte, mit der es kein hadern gibt."
"Du hast recht, wer eine gelegenheit hat, soll auf die andere nicht warten, leinen los, so sagen doch die seefahrer?"
Der Dschinn intervenierte nochmals, "habe euch ein buch im papierkorb deponiert."
Lucy hatte im gleichen moment schon selbst ein kleines bändchen entdeckt, herausgefischt, "was die leute so alles papierkörben überlassen, ein *Versuch über den geglückten Tag.*" Sie blätterte, dann und wann zum lesen inne haltend, schließlich, unsere reise hatte fahrt aufgenommen, "klingt aufmunternd. Dieser tag hat zwar stolpernd begonnen, lass uns einen besseren daraus machen."
War erleichtert über diesen stimmungswechsel, poesie und dichtung sind doch immer noch verlässliche verbündete.

Längst hoch über den baumkronen des englischen parks hinfortgesegelt, unter uns floss die weite einer ländlichen geografie gemächlich dahin.
"Wie passend", bemerkte meine freundin erleichtert, "ein geglückter tag verstrickt sich nicht in abwägungen von normal und verrückt. Von hier oben betrachtet, schrumpft manch' vermeintlich großes auf nebensächliches maß. Und die klinik wirkte in dem weitläufigen park und der schönen landschaft, als wärs ein gärtner- und wächterhäuschen."
"Lucy, wo du recht hast, hast du recht."

Niemand wollte uns aus der welt dort unten bemerken. Wir schienen während des fluges unsichtbar zu sein, vielleicht auf einer um wenige sekunden verschobenen zeitebene, ihnen dort unten allenfalls ein flüchtiger schatten, änderte trotzdem nichts daran, dass unsere gegenwart eindeutig gegenwärtig blieb, ein tag der geglückt endete.

im dienst des Yamen

Eine aus dem dorf stetig ansteigende straße ins gebirge, sie führt ebenfalls zum nahegelegenen kloster, schon vorher abzweigend, der weg zu einer bergkuppe, gekrönt von einer steinernen, gold bemalten buddhastatue, vom flachen land der reisfelder entlang des flusses weithin sichtbar.
Den dorfausgang säumten etliche garküchen, restaurants und herbergen. Diese anfangs noch breite straße, belebt von dörflern, überwiegend reisbauern, von durchreisenden händlern, bettelnden mönchen und pilgern, dann und wann beamte des Yamen, die nach dem rechten sahen, oder streit zu schlichten hatten.

Der Sh'rat war in den häusern dieser belebten straße ein gern gesehener gast, der besuch des Sahib Wu-wei wurde allerseits als ehre angesehen. Er ließ es sich gern gefallen, die ihm dargebotenen feinen kulinarischen genüsse waren allemal den eintönigen, kargen mahlzeiten im refektorium des klosters vorzuziehen. Dem wohlwollen des vorstehers tat seine geringschätzung des lebens in der klösterlichen gemeinschaft keinen abbruch, das aber sehr zum missfallen und verdruss so mancher kleingeistigen mönche.

In einem garten hinter dem haus der witwe Frau Wang, sie bewirtschaftete eine garküche, hatte der Sh'rat seine hängematte zwischen zwei kirschbäumen aufgespannt.
Verträumt war er dem spiel der wolken hingegeben.
Hinter einer hecke des gartens sprangen zwei mönche des klosters hervor.
"Jetzt haben wir dich erwischt!"
Der Sh'rat ließ sich nicht stören.
"Erwischt, Du machst es dir selber."
"Brauche euren beistand nicht, nein danke."
"Du beschmutzt dich, entehrst unsere bruderschaft."
"Ihr brüder habt doch genug miteinander zu tun, was geht mich das an."

"Sahib Wu-wei, du hast besuch", rief Frau Wang, aus dem haus kommend und stutzte beim anblick der mönche, "was ist denn das für ein gesindel?"
Die beiden frechen eindringlinge ergriffen augenblicklich die flucht, schlugen sich wieder zurück durch die büsche und setzten über die mauer.
"Was hatten die auf meinem grundstück zu suchen?"
"Vom rechten weg abgekommene klosterbrüder."
"Wenn sie betteln kommen, bin ja gewohnt ihnen ein paar gesottene reisklöße zu geben, ansonsten haben sie sich hier nicht weiter herumzutreiben."
Sie machte nun ein feierliche pause.
"Mein freund, welche ehre für mein haus, draußen wartet eine abordnung des Yamen mit einer sänfte, botschaft des präfekten Tschong, er lädt Sahib Wu-wei zu einer privaten audienz."
Diese nachricht hatte sich mittlerweile straßauf straßab verbreitet, und eine neugierige menge umlagerte die vor dem haus wartende abordnung des Yamen, unter ihnen auch die beiden irrlichternden klosterbrüder.
Der Sh'rat stieg seelenruhig in die sänfte. Mit dieser, von vier trägern geschultert, setzte sich der zug feierlich in bewegung. Frau Wang winkte stolz hinterher.

ein gespräch im yamen

In der vornehmen halle seines amtssitzes bat der präfekt Tschong seinen gast, es sich an einem teetisch auf weichen kissen bequem zu machen. Das behagte dem Sh'rat, sofort döste er in einen halbschlaf hinüber. Der präfekt gab einem bereit stehenden diener zeichen, mit dem kredenzen des tees zu warten, bis der ehrenwerte Sahib Wu-wei seine meditation beendet habe.
Schließlich räusperte sich Herr Tschong vernehmlich.
Der Sh'rat blinzelte zu ihm hinüber, "wu-wei, passt schon."
"Welche freude, den ehrenwerten Sahib Wu-wei bewirten zu dürfen. Der vorsitzende des klosters ist voll lobender worte,

empfiehlt ihn mir, und jetzt möchte ich mit Sahib Wu-wei eine dienstliche vereinbarung zu treffen."
Bedächtig schlürften beide eine erste schale tee, einander anerkennendes und zustimmendes nicken.
"Wir lassen uns zeit", vermerkte der präfekt.
"Wir tun gut daran", erwiderte sein gast.
Schweigend widmeten sich beide erneut dem erhebenden genuss einer weiteren schale blütenduftenden tees.

Für den leser ist diese situation weniger erbaulich, also eine zusammenfassung dessen, was dann schließlich verhandelt, und zu beiderseitiger zufriedenheit beschlossen wurde.
Dem präfekten lag daran, mehr öffentliche präsenz seines amtes im alltagsleben der bevölkerung seines distrikts zu zeigen. Kein amt als stellvertreter, doch wenn der allerseits beliebte Sahib Wu-wei, regelmäßig in der sänfte des Yamen über straßen und plätze getragen werde, die ein oder anderen besuche übernähme, könne das dem ansehen der amtsführung des Hernn Tschong nur förderlich sein.

Kurzum, für den Sh'rat erfüllte sich ein traum, er wurde mit kostbaren seidenpyjamas eingekleidet, eine gelehrtenkappe schmückte von nun an sein haupt, und auf den kissen der gemächlich schaukelnden sänfte ruhend, gelegentlich die vorhänge heben, nach draußen winken, und die besuche bei händlern, bauern und manch' honoratioren, wurden eine kurzweilige abwechslung, liebenswürdige, zuvorkommende begegnungen, und das nächste nickerchen in der sänfte war immer gewährleistet.

Ein kleiner kreis der mönchsbrüderschaft konnte und wollte seine feindseligkeit nicht überwinden, neidete dem Sh'rat sein wohlergehen. Diese mönche ließen nichts aus ihn zu verunglimpfen, unterstellten ihm beschränkten verstandes zu sein, zeige ja auch nicht den geringsten fleiß im studium der heiligen schriften. Und wenn der klostervorsteher in seinen belehrungen mit manchem zitat auf Sahib Wu-wei verwies, wie, *schaffen ohne tun, also bin ich,* oder das wort, *nichtstun ist die reinste weise des seins,* dann haderten diese mönche mit der welt. Trotz ihres armutsgelübdes wollten sich nicht bescheiden. Diesem Sh'rat wurde zu viel der ehre zuteil, als wäre er der einst aus Indien gekommene Bodhidharma persönlich. In ihrer verbohrtheit brüteten sie über finsterste pläne, ihrer vermeintlichen rache am Sh'rat.

An diesem tag stand die Yamen sänfte des Sh'rat vor dem haus eines tuchhändlers, der ihm mit fachmännischem rat half, den seidenstoff für einen neuen pyjama auszuwählen, und das brauchte seine zeit.
Die vier sänftenträger waren derweil in der gaststube einer benachbarten schänke eingekehrt, für speise und trank, sie wussten, dazu bot sich jetzt reichlich zeit.
An der theke ein gast, von sehr wohlhabendem äußeren, zwar kannte ihn niemand, aber es heißt ja, *kleider machen leute*, und so wurde dieser bevorzugt bewirtet. Gönnerhafte distanz wahrend, richtete er nun auch einige worte an die speisenden yamenbediensteten, "meine hochachtung vor dem staatlichen amt und ihren dienern, bitte, mir dies nicht abzuschlagen, mögen sie auf meine rechnung aus ganzem herzen reiswein geniessen", er hob seine schale, "also, auf allerseits langes und glückliches leben."
Ehe sich die vier männer versahen, wurden ihnen frisch gefüllte karaffen auf den tisch gestellt. Sie bedankten sich artig, waren dieser großmütigen spende nicht abgeneigt.
Der fremde zahlte im voraus, verließ nun das lokal.
Kurz darauf standen vier, in dienstuniformen des Yamen täuschend ähnlich verkleidete mönche, wartend neben der sänfte.
Durch sein ladenfenster erblickte der tuchhändler die vier wartenden, "mein freund muss sicher weiter, wir haben ja soweit auch eine gute wahl getroffen", stellte er zufrieden fest.
"Wu-wei, bis dann also, die träger sind sehr gewissenhaft, behalten meine pflichten immer gut im blick."

Beide verabschiedeten einander, der tuchhändler würde den ausgewählten stoff nächstes zum schneider bringen lassen. Der Sh'rat stieg in seinen sänfte, "mein freund, tag für tag ist ein guter tag", zog die vorhänge zu und freute sich auf das nickerchen.

Die sänfte schwankte weniger ausgewogen und weniger im gewohnten rhythmischen gleichmaß, schüttelnde, unsanfte bewegungen, aber das ruhebedürfnis des Sahib Wu-wei war übermächtig.

Die träger hatten längst die ortschaft hinter sich gelassen, fluchten schon innerlich über die anstrengung, statt sich ihrer last einfach an ort und stelle zu entledigen, aber ihre bosheit gab ihnen kraft, ihren anschlag auf Sahib Wu-wei zu ende zu führen, eilten über endlose dämme der reisfelder, bis sie sich vorsichtig dem träge dahin strömenden fluss näherten.

Bis zu den knien stand ihnen das wasser, als sie sich endlich des gewichts der sänfte entledigten, diese last dem strom anvertrauend, dann nicht schnell genug ans ufer zurück zu waten, völlig durchnässt.

Erschöpft blickten sie erwartungsvoll ihrem werk hinterher. Doch die sänfte sank nicht sofort, kreiselte erst noch in den fluten, aber dann, sie wollten ihren augen nicht trauen, hob sie sich übers wasser, stieg erst langsam höher, bis sie mit der schnelligkeit des vogelflugs im niedrig dahinziehenden gewölk ihren blicken entschwand.

Die vier mönche erfasste eine nie gekannte furcht, panisch entledigten sie sich ihrer verkleidung, nur in unterwäsche stürzten sie frierend von dannen.

Der ort war schon längst in großer aufregung. Herr Tschong erwartete genauen bericht, was da passiert sein konnte, die schilderung des tuchhändlers, die vier übertölpelten diener des Yamen, alles ließ zwar auf entführung schließen, aber keine kunde über das vermisste opfer.

In dieser situation erbrachte die ankunft der vier vor kälte bibbernden, verschmutzten mönche des rätsels lösung. Die fortgeworfenen falschen uniformjacken wurden bald am fluss gefunden, die vier mönche konnten sich einer anklage nicht mehr entziehen.

Zwar nirgends eine spur der sänfte, noch der leichnam des Sh'rat, auch flussabwärts wurde nichts gemeldet. Über das erlebte schwiegen sich die mönche aus, wer hätte ihnen geglaubt? Sie wurden für zehn jahre den reisbauern zum frohndienst zugeteilt. Die spur ihres mitverschwörers hat sich damit aus dieser geschichte verabschiedet.

traum und wirklichkeit, wirklichkeit und traum?

Einige jahre vergingen, der menschlichkeit nachgebend, wurde den vier zu harter arbeit verurteilten mönchen der rest ihre strafe gnädigst erlassen. Vom Yamen gab es ein kleines handgeld als hilfe, die ersten tage in freiheit zu überstehen. Aus der kleiderkammer hatten sie sich, ihrer zunft entsprechend, schlichte mönchskutten gewählt.

Im hochgefühl dieser erleichterung, kehrten sie als erstes in einer herberge ein und erhielten zimmer zur übernachtung. Mittags nahmen sie dort ein bescheidenes mal zu sich, anfangs noch schweigend, ungeordnet umkreisten jedem von ihnen noch alle möglichen gespenstische gedanken.
"Im kloster vorsprechen, wie wäre das?"
"Sie müssen uns wieder aufnehmen."
"Noch keine gute idee", bemerkte ein anderer zögerlich.
"Erkunden wir die lage und stimmung, ehe wir uns dort wieder zeigen, können auch davon ausgehen, dass unser mithelfer sich längst aus dem staub gemacht hat. Bleiben wir dennoch vorerst fremde pilgernde bettelmönche."

Sie beschlossen sich die beine zu vertreten, "frische luft hält den kopf frei", so schlenderten sie die hauptstraße hinunter, kamen an der kleinen garküche der witwe Wang vorüber, die geschäfte schienen gut zu laufen, hatte offensichtlich eine konzession nun auch tische draußen am rand der straße für die gäste aufzustellen.
"Wie hat sie sich das nur erschlichen?"

"Wird behauptet, Sahib Wu-wei gehörte zur familie."
"Du meinst sie hätte eine rente gefordert?"
"Eben, irgend solche schliche, verschlagen wie diese leute nun mal sind."
Mit derart selbstgerechten reden und in gedanken zu einen umtrunk einzukehren, passierten sie das dem tuchhändler nahegelegene gasthaus, ort ihrer verjährten schandtat, und ihre erinnerungen liefen sich warm.
"Warum nicht hier einkehren, wir waren doch niemals hier."
"Ganz meiner meinung, trotzen wir diesen gespenstern, wir haben gebüßt."
So saßen sie alsbald im gastraum, am tisch nahe dem fenster, die sonne schien herein und der reiswein mundete hervorragend, als vier gutgelaunte Yamendiener eintraten.
Kaum an einen tisch platz genommen, wurde ihnen sogleich ungefragt aufgetischt, suppe und gläschen reisschnaps, "wie immer", bekundete die serviererin lächelnd.
Einer der vier mönche wirkte verunsichert.
"Doch gespenster?"
"Warum denn, das leben geht weiter. Wer weiß, welchem hohen beamten des Yamen die zu diensten sind."
"Und keine sänfte vor dem haus des tuchhändlers."
"Warum auch? Wach auf, das ist jahre her."
"Hast ja recht, fühl mich schon wieder besser."
"Na also", ermunternd klopfte ihm einer seiner kumpanen auf die schulter.
Dann sahen sie den tuchhändler aus seinem haus tretend, er ging die straße hinunter. Wenige häuser entfernt wohnte der schneider, und draußen stand eine sänfte.
Den Yamen dienern am anderen tisch war dieser umstand offensichtlich nicht ohne bedeutung, "wir haben immer noch reichlich zeit, jetzt ist erst die anprobe."
"Will der eitle tuchhändler sicher nicht versäumen."
"Alle verdienen sie am Sahib Wu-wei."
"Dient immerhin friedlichen zwecken. Keine an generäle und militär verschwendete gelder, sollte uns doch recht sein."

Dem gespräch unfreiwillig beizuwohnen, das raubte den vier

mönchen fast den verstand, starrten einander ungläubig und voller entsetzten an, zahlten überstürzt und begaben sich auf die straße und warteten.
Als die Yamendiener schließlich aufbrachen folgten sie ihnen unauffällig. Vor dem haus des schneiders mischten sie sich in die menge der neugierigen und gaffer.
Heraus trat schließlich der Sh'rat, in einem dunkelblauen pyjama, der seidenstoff verziert mit kranichen die über einem sternenhimmel zogen. Er verabschiedete sich vom schneider und dem devoten tuchhändler, stieg in die sänfte, die träger hoben diese gemessen auf ihre schultern, und unter beifall der umstehenden entfernte sich dieser, immer wieder das volk beeindruckende umzug.
Die mönche verharrten wie betäubt, entsetzt trafen sich ihre blicke, und so standen noch ratlos und unschlüssig herum, nachdem die menge sich längst verlaufen hatte.

Niedergedrückt, wie von einer überfordernden arbeit, ohne sich abzusprechen machten sie sich auf, zurück in richtung ihrer herberge. Bis sie ein mönch des klosters ansprach, der sie zu kennen vorgab, sie schienen sich ebenfalls zu erinnern, wenn im moment auch nur sehr vage.

"Ja so ein zufall, treffe ich gleich alle vier vermissten auf einmal. Welches glück auch."
"Vermisst?"
"Seid ihr von allen guten geistern verlassen? Immerhin eine woche, dass euch niemand mehr gesehen hat."
"Nur eine woche?"
"Wenn das nicht reicht, wir machten uns alle die größten sorgen. Bitte, begleitet mich zum kloster. Diese neuigkeit nimmt mir niemand ab, ihr seid mein leibhaftiger beweis. Euer freund hat uns leider verlassen, aber was soll's, ende gut alles gut."

Dem aus ganzen herzen zustimmen, das konnten die vier allerdings nicht so leicht. Ihnen wurde schwindlig, fühlten sich innerlich um jahrzehnte gealtert. Eine schuld der boshaftigkeit lässt sich nicht an den anfang zurücksetzen.

eine nicht ganz neue bekanntschaft

"Sie gestatten, darf ich mich zu ihnen setzen?"
Der angesprochene, an der verwaisten langen theke einer bar auf Deck XI der *Bosporus,* in stummer zwiesprache mit dem geklingel schmelzenden eises in seinem whiskeyglas, ohne aufzublicken, "tun sie sich keinen zwang an, reichlich platz, wollen sie was für ihre stimmung tun, konsultieren sie die karte", und schob ihr diese zu.
"Sehr entgegenkommend, weiß ich zu schätzen."

Ein timbre in dieser weiblichen stimme zündelte erinnerung, zwar vage, für Uncle Jules immerhin anlass ihr seinen blick zuzuwenden, betont gleichgültig. Das keimende interesse an dieser überraschung zu verbergen, bereitete ihm einige mühe, gestattete sich mal eben ein wortloses nicken, das freundlich erwidert wurde, "danke, sehr zuvorkommend, dürfte heute keinen grund geben, so ohne weiteres wieder fortgeschickt zu werden."

"Kein anlass, sie haben meine ungeteilte aufmerksamkeit."
"Nehme ich gerne als kompliment an."
Jules rückte den barhocker linker hand etwas zurück, "also bitte, you're welcome, machen sie es sich bequem."

Zweifellos, sie war's, die sich damals zu unpassendster zeit für seinen durchreisenden freund interessierte. Nun saß sie mit engelsgleicher unschuldsmiene brav und artig neben ihm, bestellte sich einen doppelten Scotch, betrachtete Jules von der seite, wartete bis sich ihre blicke begegneten, "na also, auf künftiges", sie hob ihr glas, "sind wohl von natur aus misstrauisch?"
"Und sie von natur aus neugierig, also zum wohl", lauschte dem schmelzenden eis im glas, "erinnerungen, sie wissen wovon ich spreche, diese sache", aber sie unterbrach ihn, "ihr freund ist keine sache, eine interessante person, wie aus der zeit gefallen, in seinem abgetragenen lodenmantel. Vielleicht kann ich heute was gut machen?"

Jules blickte sie prüfend an, "richtig, keine sache. Aber der bald darauf erfolgte besuch der *Themis* trifft den punkt wohl besser, was gäbe es da gut zu machen?"
Sie blickte in ihr glas, nippte, überlegte lange, "vielleicht besser, nennen wir es richtig stellen", nahm einen schluck, legte ihre hand an seinen arm, wartete, bis sich ihre blicke in ruhe trafen, "stellen wir neugierde und misstrauen zur seite, steuern in lichtere gewässer. Nennen sie mich Lavie, Lavie Duport, im *Casino Cythère* angestellt, lebe auf Deck *VII*. Sie verirren sich wohl selten auf eines der mittleren feudalen decks?"
"Eingestanden, im kosmos der *Bosporus* bewege ich mich in sehr überschaubaren kreisen, bin auf dem obersten Deck sesshaft geworden und schätze die unmittelbare nähe zu den aussichtskuppeln. "
"Mir ist die Bosporus zwar auch eine wahlheimat geworden, beruflich bedingt, anders, wie ich wohl weiß, nicht wenige ihr hiersein als exil verstehen."
"Dann kennen sie jetzt aus diesem kreis der exilanten eine person mehr. Mögen neugierde und misstrauen einander ausschließen, trinken wir auf das gemeinsame und nennen sie mich bitte Jules."
"Verstehe ich richtig, der allseits bekannte, auf dieser fähre gestrandete mysteriöse *Uncle Jules*."
"Wenn sie so wollen, aber was ist das *Casino Cythère*?"
"Ein touristisches fernreisebüro, bin dort als chefsekretärin tätig. Casino aus dem einfachen grund, schon ab kleinsten einsätzen können virtuelle reisen gewonnen werden, kreuz und quer, hin und zurück, bis an die ränder des universums. Gut betuchte können auch reale reisen buchen."
"Über *Omega24* hinaus?"
"Ist vorgesehen. Doch in virtuellen räumen ist alles möglich und auch erlaubt. Da sind die grenzen andere."
"Die der sucht, wollen sie sagen, handel mit illusionen?"
"Ist das nicht das gleiche? Eine geschäftsidee wie auch alle anderen, wo wird denn nicht mit konsumierbaren träumen gehandelt, vielversprechend verpackt?"
Jules schwieg.

Lavie, "also bitte keine vorhaltungen, schätze meine arbeit, ein gebildeter chef, belesen, ein echter bücherwurm, besitzt eine große bibliothek Doch was ist mit ihnen?"
Jules erzählte ein weniges des dem leser bekannten.
"Reiseschriftsteller, wenn das kein traumberuf ist", sie kam ins schwärmen "ferne welten, unbekannte planeten, auch das lesen bedient träume, nicht wahr? Liebe die essays von Jules Lee Hooker, sie vermissen was. Ich habe alle gelesen, aus den magazinen der *pangalactic pb travels.* Abenteuer zum mitfiebern. Auch in der bibliothek meines chefs im *Casino Cythère* vorhanden. "

Sicher war sich Jules nicht, schien doch möglich, dass Lavie versuchte leimruten auszulegen. Er mochte nicht leugnen, war von ihr durchaus angetan, nur sein argwohn gab nicht auf, "was interessierte sie dereinst an meinen freund?"
"Wie beharrlich sie sein können, mein lieber Jules, kommen sie aus dieser sackgasse endlich heraus. Sagte ich doch schon, ihrem freund war die *Bosporus* kein wahlheimat, das war offensichtlich, vielleicht brauchte er trost?"
Perfekte schauspielerin? Doch blieb ihm nur der sprung über den schatten des zweifels, "friedenspfeife, versuchen wir nicht ständig hinter die spiegel zu blicken", Jules unterstrich sein versöhnliches angebot, bestellte zwei weitere doppelte whiskeys.
Lavie, versöhnlich,"wer hört's schon gerne, wenn einem von der arbeit eines berühmten kollegen vorgeschwärmt wird, oder dass meine aufmerksamkeit deinem freund galt."
"Schon gut, sich mit vergangenem zu versöhnen, das gute von den hinderlichen eitelkeiten zu trennen."
"Genügsamkeit, das brot des philosophen."
"Zumindest nicht mit geschmacksstoffen verfälscht."
"Unsere welt bleibt nun mal die vor den spiegeln."

Während ihres flipperflink angeregten gesprächs über die banden, wurden unaufgefordert beider gläser nachgefüllt, und bald, über die grenzen der waffenruhe hinweg, sich die gegenseitigen sympathien vertieften. Es wurde ein langer abend, anzunehmen, dass es nicht der letzte war.

Lucy Haven's traum

"Aber mein lieber, verabredungen verlangen nun mal etwas vorausschau", Lucy versuchte dies klarzustellen, "wir sehen uns doch wirklich nicht allzu oft."
"Die zukunft ist ungebacken, wie willst du im voraus wissen, wo die rosinen sein werden? Das nenne ich träumen."
"Wie ich schon sagte, mein horoskop verspricht, die nächste woche wäre in herzensangelegenheiten besonders günstig, aber dir fehlt der sinn fürs praktische, philosophierst sofort über alles gegebene hinweg."
"Die sterne des horoskops haben doch meines wissens alles im blick, vom universalen bis in kleinste angelegenheiten unseres planeten, also auch Alex in den Amazonas wäldern dürften sie nicht übersehen."
"Eifersüchtig? Mir scheint, männliche fantasien halten das herz in unruhe, ständiges hab acht, besitz einzuhegen."
"Diesem unruhigen herzen dürfte es wohl kaum gelingen, die zukunft wie einen pudding an die wand zu pinnen."
"Schade, diese art eifersucht ist dir fremd." Das anstoßen der scotchgläser brachte einen versöhnlichen klang, "mein Alex, wie ich ihn kannte, war ein naturtalent, eigennutz und mißtrauen kannte er nicht."
"Du sprichst von einem avatar, als der er vermeintlich unter uns lebte. Hatte ich das richtig verstanden?"
Lucy, fürs praktische im gegenwärtigen, "es bleibt eben schwer, anziehungskräfte ins gleichgewicht zu bringen, die planeten Mars und Venus haben's doch auch geschafft."

Lucy hatte für die ausflüge mit der mobilen parkbank längst eine jederzeit bereite ausrüstung zusammengestellt, weiche kissen, warme decken, eine flasche Scotch oder Bourbon, eine kleine kühlbox für ausreichend eis, mindestens einen mundigen Roten, zum schutz vor dem sonnenlicht in großen höhen, einen weit ausgreifenden schirm in hellem blau mit vielen kleinen gelben punkten, nur die lektüre überließ sie Argos vorsorge, er hatte auf wunderbare weise immer das

das passende parat.

An diesem tag kreuzten beide durch überströmendes tiefes blau des himmels, unter ihnen eine dichte wolkendecke. Ob's drunten regnete? Jedenfalls unter dem schirm war's ihnen, als leuchteten schon am helllichten tag die sterne. Gelegentliche akzente des klirrenden eises in den gläsern, die universell stimmigste musikalische untermalung.

Gewohnter weise saßen sie sich auch heute gegenüber, im rücken kissen, gepolsterte armlehnen, beine ausgestreckt, möglichst bequem einander verschränkt.

Lucy, "weißt du wovon ich kürzlich geträumt habe?"

"Wir kreuzen durch das baumlabyrinth der urwaldriesen des Amazonas, suchexpedition nach einem verschollenen."

"Der undankbare, nicht mal eine ansichtstkarte."

"Sicher ein weiter weg bis zum nächsten briefkasten."

"Dem Dr. Dinglich hat er geschrieben."

"Aber nicht in herzensangelegenheiten."

"Danke für den trost. Also mein traum, du erinnerst dich an den mann mit der denk- oder stimmungskappe, der tag an dem du dein patent anmelden wolltest."

"Du hast mal gelesen, der sei in die politik gewechselt?"

"Hausierertypen machen überall karriere. Nun zu meinem traum, da ist mir dieser mensch wieder begegnet."

"Hat er sich für seine ausfälle entschuldigt?"

"Ganz im gegenteil, hat gedroht, wollte erfahren, was mein früherer chef über ihn gesagt habe, irgendein groll, eine offene rechnung, wie er sich ausdrückte."

"Aber du hast das geträumt?"

"Bin ja grad' dabei, das zu erzählen", eine kreative pause, "außerdem, mein Argo, sollte der anwalt seine kanzlei doch wieder eröffnen dürfen, denk auch mal an deine erfindung, du bekämst endlich ein verdientes patent."

"Das war unbedacht, etwas das ich im innersten selbst nicht verstand. Du würdest mit dieser bank doch auch nicht zum nächsten patentamt fliegen wollen."

"Aber ein patent war's doch, dieses kleine mahlgerät, mit dem ich dich im büro meines chefs, von mir vergessen, bis zum feierabend schmoren ließ?"

"Sich die entdeckung einer antiquität patentieren zu lassen, war schon eine spleenige idee von mir."
Lucy war abgelenkt, blickte bedacht auf die wolkendecke unter ihnen, "wir sind's jedenfalls nicht, die jenen darunter die sonne nehmen."
"Ja was? Diesem sprung kann ich nicht folgen."
"Hast recht, dinge die uns persönlich von wert sind bleiben besser der öffentlichkeit unsichtbar, wie auch träume. Also jetzt zu meinem, ist allerdings schon etwas seltsam. Bitte keine ablenkung mehr:
War irgendwie in den abteilwagen eines zuges geraten, die wände pulsierten, sie atmeten, dazu gedämpftes rollen von rädern auf schienen. Und dann der schaffner, was soll ich sagen, *Er* war's, trug seine kappe, der draht wippte lustig mit grünem licht. An mich gewandt, *meine teuerste, ich bin beglückt, unsere lämpchen blinken synchron.*
Oh schreck lass nach, ich trug tatsächlich auch eine solche kappe. *Der irrtum lässt sich schnell beseitigen*, rief ich, riss mir das ding vom kopf, drückte es ihm in die hände, das lämpchen auf der verbogenen spitze des drahtes blinkte in hektischem rot, zitternd erlosch es.
Das war nicht klug, meine liebe, so ganz ohne schutz vor epidemischen schwingungen und halluzinationen.
Er zog mich am arm vom sitz und aus dem abteil, schob mich entlang des seitenganges zur plattform. *Wo ist dein chef, hat er nicht eben noch neben dir gesessen?*
Was für ein irrer dachte ich, *vielleicht in den speisewagen gegangen, war eingeschlafen, habe geträumt.*
Der Kappenmann hörte mir nicht mehr zu.
Mit schrill schleifenden rädern kam der zug zum stillstand. Türen öffneten sich, der Kappenman nötigte mich mit ihm auszusteigen, ein einsam verlassener langer bahnsteig.
Neben uns, gemächlich pulsierend der wartende zug, einer riesenhaften schmetterlingsraupe gleich. Noch jemand war ausgestiegen, am entgegengesetzten ende des bahnsteigs, näherte sich gemessenen schrittes, ebenfalls behelmt. Der bekappte schaffner schob mich brüsk beiseite, stellte sich breitbeinig in position, der andere blieb ebenfalls stehen,

beide nun in hörbarer entfernung einander gegenüber, der andere, *warum stellst du mir nach, was willst du?*
Erkannte die stimme des anwalts, gleich dir in einen langen weiten mantel, nur adretter."
"Hmmm ..."
"Unterbrich mich nicht, ja so ging's weiter:
Unsere lämpchen blinken synchron, rief der mensch neben mir, *sind im gleichen zeitsegment, keiner ist im vorteil.*
Kein wort vom anderen ende des bahnsteigs.
Tag der abrechnung, ein duell mag's richten.
Keine antwort. Der raupenzug pulsierte weiter träge vor sich hin. Hatte mich selbst heimlich in sicherheit gebracht, war wieder eingestiegen, blieb aber in der noch offenen tür des waggons stehen.
Der Kappenman, mit geöffneter schaffnerjacke, hände nahe seiner mit pistolenhalfter umgürteten hüfte, wirkte dabei recht unglücklich wohl gar nicht so erpicht auf das ganze, versuchte es nochmals, *erst das patent verweigern, dann wird meine erfindung vermarktet.*
Ich bin hier, aber unter meinen bekannten bedingungen.
Ich habe eine geisel, er blickte sich verlegen um.
Ich stand im zug, nahe der offenen tür, der Kappenmann forderte mich auf zurück zu kommen, mich zu zeigen, kein grund, ihm diesen gefallen zu tun.
Lass die spielchen, rief ihm sein gegenüber zu, *mach dich bereit. Sobald der zug zur abfahrt pfeift, soll uns das ein zeichen sein. Wie abgemacht, jeder hat zwei kugeln.*
Der Kappenmann blickte irritiert und hilflos zu mir herüber, ich winkte mit obszöner geste, die tür schloss sich, das kleine bullauge erlaubte mir nicht, das weitere geschehen draußen zu verfolgen. Hörte keinen pfiff, keine schüsse, nur das rattern des schnell fahrt aufnehmenden zuges.
"Das team der zugbegleiter wünscht ihnen eine angenehme weiterfahrt. Setzen sie bitte die über ihrem sitz hängende stimmungskappe auf, bleiben sie *getuned.* In zwei stunden station in *Duckpool City.* Den dort aussteigenden gästen empfehlen wir einen unserer *kulturpartner, also* versäumen sie nicht ihren besuch des legendären *Divin´Duck.*"

Endlich ein erlösendes stichwort, ich wachte auf, und weißt du wo ich mich befand?"
"An der theke des *Divin' Duck*."
"Schön wär's, träumte nur aufzuwachen, immer noch die raupe, saß jetzt oben auf, hinter ihrem kopf, zügel in den händen, lenkte sie, als sei sie eine postkutsche. Aber nun kommt's noch besser, warte ab. Erst einmal eine stärkung."

War mir recht, mein glas war längst leer, nichts geht ums geistige wohl. Dann nahm Lucy ihren faden wieder auf.
"Es gelang mir, die raupe auf ein fernes meer hin zu lenken, doch am strand angekommen, da endete die fahrt. Kaum abgesprungen, verwandelte sich die raupe in ein riesiges bandoneon, frei schwebend, hoch über mir begann es den *hurdy gurdy man* zu spielen."
Argo summte leise, "*to find that I was by the sea, gazing with tranquility*."
"Hör zu, ich staunte nicht wenig, ein recht schläfriger ozean dachte ich, als ein reiter auf einem dürren gaul, ein ritter mit angelegter lanze heranstürmte, ich winkte, er sah mich nicht, bog vor mir ab, hielt auf das meer zu. Aus dem zähflüssigen wasser tauchten riesenkrebse auf, drohend kreisten ihre langen fühler, heftig aber lautlos rotierend, der tollkühne ließ sich nicht abschrecken, stürmte drauf zu, durch sie hindurch, pflügte mit seinem gaul das meer als wärs ein kornfeld, der sonne entgegen, ende des films, bin aufgewacht, und wo war ich wohl?"
"Bestimmt in der fortsetzung des traums."
"In meinem bett natürlich. Fällt es dir so schwer, von hier nach da zu denken?"
"Gestehe, mein denken benötigt einen weiteren anschub."
Beide hielten sich jetzt an den Roten.
Argo, "was uns beweist, es ist aussichtslos, im traum einen plan zu machen."
"Vielleicht ist manchen realität ein traum, deshalb unfähig auf eine zukunft zu hoffen", sinnierte Lucy, nippte kurz, zeigte versöhnlich auf die sonne die hinter dem wolkenmeer zu sinken begann, "runden wir einen gelungenen tag ab."

szenenwechsel im park

"Jules, viens ici", eine weibliche stimme, bemüht energisch zu klingen, der auf der nahen parkbank sitzenden mann blickte verdutzt von seiner buchlektüre auf, ihm zu füssen, ein drahthaariger terrier mit hechelnder zunge, männchen posierend, ganz brav, als erwarte er eine belohnung.

Argo, ein zeitraffendes déjà-vu vor augen, "der autor hält mich wohl zu narren, zur abwechslung ein foxterrier, Milou und der ermüdend neunmalklug gepuderte Tintin, das also war des pudels kern?"
"Jules, soi gentil, störe den guten mann nicht beim lesen, hol dir ein leckerli."
Den hund *Jules* rufen zu lassen, das ging einfach zu weit.
"Mon petit ami", die stimme, nun dicht hinter ihm, er drehte sich um und erblickte eine von übermenschlichen ebenmaß android anmutende person die ihren *Jules* im park gassi führte. Respektvoll, leicht verlegen musterte sie ihn, ein verstohlener blick galt dem buch auf der bank.
Eine weitere Person kam hinzu, wie sollte es anders sein, unter der parkwächtermütze blickte Argo in ein ihm vertraut scheinendes gesicht.
"Fühlen sie sich belästigt", wurde er gefragt.
"Nein diese freundliche dame scheint sich für meine lektüre zu interessieren", blickte zu ihr, "so ist es doch, madame?"
"Ja, wenn sie erlauben?" Ihre frage galt dem parkwächter, der nicht reagierte, dann doch zu Argo, "darf ich?"
"Wenn's sie interessiert, dann nur zu", und sie nahm das buch in die hand und blätterte darin.
Der wächter verfolgte das mit ungläubigem staunen, "na so was. immer mal wieder was neues."
"Was ist daran so ungewöhnlich?"
"In den residenzen der betuchten sind diese androiden zu einflussreichen hausdamen aufgestiegen, dank ihrer KI in vielem versiert, aus alten büchern, soweit in revidierten versionen vorhanden, vorzulesen gehört zu ihren pflichten.

Frage mich nur, ob unsere freundin auch versteht was sie da liest?"
"Sie muss vorlesen? Ein leser genießt bei sich zu sein."
"Den herrschaften ist selbst lesen eine unschickliche mühe, aber dagegen handschriftliches schreiben, das wäre illegal, ist sowieso niemand mehr in der lage."
"Und woher die bücher?"
"Soweit mir bekannt, das sind alles neuauflagen sprachlich angepasster literatur aus früheren zeiten, da die menschen noch nicht so wach waren."
Argo beobachtete die androidin, die begonnen hatte in dem buch zu lesen, wollte sie darin nicht stören, und wieder an den parkwächter, "wie steht's bei ihnen mit lektüre, wer liest ihnen vor?"
"*Gemeinen* wie mir, erlaubt der *gemeinsinn* nicht den besitz von gedrucktem."
"Sie würden aber gerne mal ein buch in die hand nehmen?"

Zwei personen in polizeiuniformen traten ins bild, näherten sich ohne eile, doch gezielt, die üblich lässige arroganz der mit macht versehenen. Argo war alarmiert. Das interesse der beiden galt vorerst der androidin. Sie hatte das buch vorausschauend zurückgelegt, musste sich identifizieren, seriennummer und der haushalt dem sie angehörig war.
Einer der beiden, eine polizistin, wechselte ihr augenmerk prüfend auf Argo, abfällig, "na und sie, *gemeiner* zivilist, ihre erscheinung und kleidung lässt jeden gültigen status vermissen, in welchem distrikt wohnen sie?"
"Direkt nebenan, in der Parkstraße."
"Scherzen sie nicht! Eine solche straße gibt es nicht."

Der parkwächter gedachte die situation zu entschärfen, und fügte an, "ein guter alter bekannter, alt genug mit nachsicht behandelt zu werden", zögerte kurz, "waren uns gerade einig darüber, wie sehr unsere wohlgeordnete beste aller welten uns hilft, ein von unnützer nachdenklichkeit befreites leben führen zu können, jeder an seinem platz."
Die polizistin blickte ihn spöttisch an, "aus dieser harmonie scheint ihr freund aber herausgefallen sein, nämlich wo er

wohnt, woher er kommt, daseinszweck und wohin er will, das würde ich doch gerne genauer erfahren."
Ihr kollege kam hinzu. Der androidin schien der moment günstig das buch an sich zu nehmen, es in ihrer kleidung zu verstecken. Argo zwinkerte ihr zu.
Der polizist, "wer, wie, was, welch seltenen vogel haben wir denn hier, ist das subjekt schon identifiziert?"
Statt einer antwort, die polizistin zog ihn flüsternd zur seite. Musste ihn ziemlich angespitzt haben, denn er nahm er die sache nun resolut in seine zuständigkeit.
"Würde sagen, statt Parkstraße, der *verwahrung* entlaufen, ein hunds*gemeiner im wartestand* zur *finalen entsorgung*, und dann hier in aller öffentlichtlichkeit provozierend den müßiggänger geben. Das haben wir gerne."
Der parkwächter, "was unterstellen sie meinem freund?"
"Seien sie besser still, sind selbst nicht mehr der jüngste, der schritt zum nichtsnutz ist kürzer und naht schneller als sie glauben, sehen sie ihn doch nur an, ihren vermeintlichen freund."
"Quatsch nicht so viel", die polizistin wurde ungeduldig, "durchsuche endlich dieses verlotterte subjekt."
Im handeln weniger forsch als mit worten, der polizist trat vorsichtig dicht vor den setlsamen mann auf der bank, eine hand am pistolenhalfter, ihn misstrauisch taxierend.
"Nun leg doch endlich los", drängte seine partnerin.
"Mir scheint, die person ist sauber."
"Muss ich auch noch den macker spielen!" Sie kam in fahrt, "dann wollen wir doch mal sehen", zog ihre pistole und rief Argo zu, "hände ganz ruhig nach oben, still halten, keine bewegung, wir wollen nur ihr bestes."
Der kollege trat hastig zur seite. Doch nicht nur, dass Argo sitzend die hände hob, mit ihm hob sich auch die parkbank, schwebte unversehens einige meter hoch über ihnen.
Die beamtin ließ vor lauter staunen ihre waffe sinken. Nun aber fuchtelte ihr kollege mutig mit seiner pistole ziellos in der luft herum, ein schuß löste sich, den bäumen entflohen schwärme von vögeln, und der schütze ging als erster in deckung. Der terrier, der sich bis dahin unter der bank

versteckt hatte, stob auf und davon, nach ihrem ersten schreck hastete die androidin hinterher. Niemand hielt sie auf.
Von ihrer schockstarre erlöst, die zurückgelassenen beiden gesetzeshüter rieben sich die augen, die parkbank mit dem fremden war ihren blicken längst hinter den baumkronen entschwunden.
Der polizist zum parkwächter, "wohlgemerkt, hier ist nichts vorgefallen. Ist besser für ihre sicherheit."
Er und seine kollegin zogen ihres weges.

Nachzutragen bliebe, das so geistesgegenwärtig eroberte buch half der androidin, was bei ihrer heimlichen lektüre immer klarer wurde, dessen szenario einer künftigen *Brave New World* war nur eine vielen varianten des niedergangs menschlicher kultur, aber offensichtlich eine unumgängliche sache. Der gedanke war befreiend.

Immun gegenüber den illusionen ihrer erschaffer, die sich als ebenbild eines schöpfers begreifen, und so weiter, schien ihr dies alles zeugnis zutiefst innewohnender ängste, das einzig beständige der menschheit, quelle unablässiger hervorbringung gegenseitigen leids. Die utopie des *pursuit of happiness* wurde unter die kuratel der wirtschaft gestellt, vollstreckerin unerfüllt zu haltender sehnsuchtsversprechen, zuständig für profitable steigerung der dosierungen. Der einst erwünschte *wille zum verzehr* war darauf angelegt, zur pflicht zum verzehr zu werden.

Angesichts einstmals gepriesen *glücks,* fürs vaterland auf feld und in schützengräben sterben zu dürfen, war das nun, zynisch betrachtet ein gewinn, unter die fuchtel des verbrauchszwanges gestellt, mit *soma* ins *koma.*

Der zufallsgenerator natur kennt keine beste aller welten. *So the narrativ will go on*, but as it seems, constantly reducing mankind's chances of survival. Nature doesn't care adjusting itself to the needs of the human species.
Als *reset* bleibt der menschheit, wie gehabt, immer nur der krieg. Eine erbärmliche lösung der selbstauslöschung.

ein postsack voller schneeballbriefe

Das kommt vor, ein leserbrief schafft es, mogelt sich an den vorsortierenden wegstationen des verlags vorbei, landet ungeöffnet, wie in unserem fall, auf dem schreibtisch des Brunnenfroschs, ahnungslos der tücken die diesem möbel innewohnen. Dessen dunkle marmorne sternengesprenkelte oberfläche einer licht absorbierender unendlichen tiefe, der materialität darauf abgelegter gegenstände keine gewähr bedeutet, nicht doch spurlos verschluckt zu werden, wie im schlund eines sogenannten kosmischen schwarzen lochs.

Das rätsel dieser marmorplatte des schweren, aus hartem elsbeerenholz geschreinerten schreibtisches, hielt auf diese weise dem besitzer so manche tägliche anbrandungen der kalamitäten seines verlagsalltags fern. Aber heute war ein zügig entsorgtes briefchen, wie sich dann bald herausstellen sollte, kein unersetzlicher verlust.

Mittags hatte Kleiner Tellerrand gerade sein büro betreten. Ein zufriedener blick über seinen aufgeräumten schreibtisch, da stolperte er über einen abgestellten vollen postsack. Er schob den störenfried beiseite, entdeckte aber ein daran angebundenes, beschriftetes etikett. Mit fetter schrift stand da, *#matter over mind.*

Na so was, sollte die raute signatur des schreibunkundigen sein, warum nicht xxx? Und falsch zitiert, Millie Jackson's *mind over matter.* Vertraut erklang ihm ihre stimme im ohr, *doesn't matter what you say, help me make it through the day.*

Er ging ans fenster, erst einmal den tag willkommen heißen, ihn ermutigen, sich möglichst eines gelungenen würdig zu erweisen. Einige niedrigere hochhaustürme hatten mühe, sich den tief hängenden dunst der nebel- oder wolkendecke vom hals zu schaffen, ihn begrüßte statt dessen schon eine wärmende wohlmeinende mittagssonne.

Nach einer weile gedachte er sich an seinen schreibtisch zu

setzen. Das beharrungsvermögen des verwaisten postsacks neben dem schreibtisch veranlasste Kleinen Tellerrand erst einmal den posteingang im kellergeschoss anzurufen.
Selbstverständlich werde das beanstandete relikt umgehend abgeholt, "gut, aber bitte, irgend jemand wird mir wohl mit wenigen worten etwas dazu sagen können, dieses seltsame etikett?"
Kaum aufgelegt, ein rückruf, "vielen dank Sir, fühle mich geehrt, stehe jeder gewünschten auskunft zur verfügung, und nehme den postsack dann gleich wieder mit."
"Und wer sind sie?"
"Frau Mautz, volontärin in der postabteilung. Hatte diesen morgen mit einer gewaltigen flut eingehender briefe zu kämpfen, alle mit gleichlautendem adresszusatz und text. Ein exemplar, auf ihrem schreibtisch deponiert, dürften sie inzwischen zur gelesen haben. Möchten sie dennoch meine ansicht dazu hören?"
"Machen wir's kurz, ich erwarte sie."
"Danke Sir, bin unterwegs."

Kleiner Tellerand, zurück am fenster, blickte wieder hinunter in die nebelwelt. Dann, leises öffnen der tür, Lucy Havens sirenenstimme, "ihre erwartete besucherin, frau Mautz."
Die gelegenheit, Effie Périnée, die chefsekreärin vertreten zu können, lässt sich Lucy Haven niemals entgehen, sogar auf diese weise chef und autor mit deren weiteren absichten im fortgang des *grinder* narrativs im auge zu haben, nicht dass mit ihrer zukunft allzu leichtfertig umgesprungen wird, sie hat da so ihre eigenen vorstellungen.

Die volontärin war eingetreten, ein junge frau, stand nun verlegen im raum, nicht einmal wagend mit räuspern auf sich aufmerksam zu machen, ihr chef, immer noch ihr den rücken zugekehrt, wusste wohl doch um ihre anwesenheit, "kommen sie ans fenster, was sehen sie?"
"Ich sollte mich kurz fassen, Sir."
"Ganz zwanglos, fassen sie sich ausnahmsweise mal lang, was sehen sie?"
"Nebel."

"Könnten es nicht auch wolken sein?"
"Aus dieser höhe betrachtet, wie soll ich's wissen, arbeite im kellergeschoss, da gibt's kein wetter."
"Hoch hinaus, ein dilemma, nicht wahr, schon verlieren sich so manche gewissheiten?"
"Wenn sie das sagen."
"Sie nicht?"
"Ich bin aus anderem anlass hier."
"Gewiss, frau Mautz, dann legen sie los."
Kleiner Tellerrand wandte sich vom fenster ab und wies auf den deplatziert herumstehenden postsack, "ja also, wohl auch ein dilemma." Die junge frau, etwas zögerlich, "diese flut völlig gleichlautender brieftexte drohte uns alle heute früh fast zu ersticken."
"Sagten sie schon. Unlautere werbesendungen."
"Mit verlaub, mehr eine ideologische kampagne. Hunderte privater absender, wortgleiches anliegen, wie sie ja schon lesen konnten. "
"Der brief könnte entsorgt worden sein, mein schreibtisch hat das so an sich. Wohltuend, von einer aufgeräumten schreibtischplatte begrüßt zu werden", lehnte sich in seinem sessel bequem zurück, "also meine liebe, was liegt in dem schreiben an?"
"Keine rechtssache, eine selbst ermächtigte mission, dem verlag wird mit boykott gedroht. Werde ihnen als ersatz den erstbesten brief aus dem postsack fischen."
Sie band diesen vorsichtig auf, eine fülle briefe quoll hervor, öffnete einen und reichte ihn dem Brunnenfrosch, doch der winkte ab, "sie lesen mir vor."
"gut, wie folgt:
*#matter over mind - d*as gesellschaftliche Subjekt bestimmt das Bewußtsein.
parmenides-publishing, auch andere Verlage, die den Leser als politischen Akteur entmündigen, ihm den Freiheitstraum nutzloser Kreativität vorgaukeln, sie haben die Wahl zur Umkehr. Trennen sie sich von Ihrem Autor. Wir lassen uns nicht mehr einlullen, mit Literatur für das bequeme Sofa. *Die Jahre des diskursiven Wachtraumas sind vorbei.* Hier

unser Appell, stellt euch dem Votum der Straße.

Die Intelligenz des Schwarms spült das elitäre Denken hinfort in die Gosse, Schluss mit dem Nullsummenspiel des wenn und aber. Boykottieren wir die Elfenbeinernen Türme, hungern wir sie aus. Hungern wir *parmenides-publishing* aus.

#matter over mind."

"Das war's? Seltsame flöhe die hier zu stechen versuchen. Ich folge einer raute, also bin ich."

Frau Mautz, "zur ergänzung, demonstranten hatten sich mit *#matter over mind* plakaten auf dem platz vor dem bürohaus versammelt. Manche haben in zelten drüben im park übernachtet. Als ich in der frühe zum dienst eintraf, noch ahnungslos, wunderte mich nur über die vielen, die am springbrunnen mit zähneputzen beschäftigt waren."

"Und das ganze theater, nur uns zuliebe? Sind aber doch auch andere firmen im haus ansässig", und mit gehobenen ton, um einiges lauter, "frau Haven, sicherlich haben sie zugehört, dann kommen sie doch bitte zu uns."

Lucy trat ein, "wie sie wünschen, ja, die tür stand offen."

Der Brunnenfrosch bat sie sich zu setzen, sie blickte auf den offenen postsack, "so viele leser, vom werk unseres autors mobilisiert, endlich die verdiente aufmerksamkeit."

"Danke, liebe frau Haven, ein hilfreicher gedanke, gilt es zu nutzen. "

Er bat nun auch die volontärin sich zu setzen, "ich benötige weiterhin ihre hilfe."

Es folgte ein anruf in der buchhaltung, "wie viele exemplare der *grinder manuskripte* habe wir aktuell verkauft?"

"Nehmen sie es mir nicht übel, im niedrigen zweistelligen bereich, nicht einmal die hälfte davon erreicht und möglich, der autor hat sie selber bestellt."

"Danke", er legte auf.

"Also, so viel aufregung um nichts? Empören sich hunderte briefschreiber, aus knickerigkeit, da wohl nur ein einziges buchexemplar rund gegangen ist, wenn überhaupt, wären dann ausgesprochene schnellleser, muss wohl eher davon ausgehen, für ihre voreingenommenheit braucht dieser

verein die lektüre gar nicht."
Lucy erleichtert, "für mich hat das sein gutes, beheimatet in einer literatur unzuverlässigen erzählens, darin bekämen identitäre fahnenschwenker niemals auch nur einen fuß auf den boden. Deren untergang, ein schlund ohne grund."
"Das möge auch so bleiben, Frau Haven, aber jetzt, wozu sie mich angeregt haben, wir veranstalten eine tombola."
An Mimi Mautz gerichtet, "hier nun eine aufgabe für sie. Unter aufsicht unseres notars werden sie später drei briefe aus dem postsack ziehen, jeder absender soll kostenlos ein signiertes exemplar der *grinder manuskripte* erhalten."
"Wie sie wünschen, gern."
Fürs erste verschloss sie den postsack.
"Und übermitteln sie den preisträgern die glückwünsche des verlags. Ja, danke für ihre umsicht und auskünfte, halten sie mich bitte persönlich auf dem laufenden."
Die volontärin zog mit dem postsack von dannen.

Es folgte ein anruf beim autor, "mein freund, bin äußerst interessiert, dass wir bald das manuskript für eine weitere folge der *grinder manuskripte* durchgehen."
"Hocherfreut, überwältigt, endlich ein durchbruch, was soll ich sagen, bin sprachlos."
"Dann los, einfach weiterschreiben, danke", und legte auf.
"Auch danke", setzte Lucy nach, "the beat goes on", kehrte damit zurück an ihren platz im vorzimmer, geübte wanderin zwischen den welten.

Den nebel draußen durchdrang weiterhin nicht der geringste lärm menschlicher unrast aus den straßen dort unten.
Matter over mind, ein materialistisches glaubensbekenntnis ein widerspruch in sich selbst. Die vermeintliche intelligenz des schwarms, ihm kreativität anzuloben, der menge und der massen, das erheiterte ihn. Erinnerte an eine Moskauer literatenvereinigung in dem roman »Meister und Margarita«. Ein- zwei- und dreinblicke, rückblicke meisterlich verwoben. Gleich zu beginn verliert der vorsitzende des proletarischen literatenbetriebs leider seinen kopf, von einer gewöhnlichen tram guillontiniert, was seine aktive rolle als kämpferischer

materialist in dem roman allzu früh beendet, aber nicht die folgenden ausufernden handlungen seiner noch lebenden genossen im gedränge um persönliche vorteilnahme. Den funktionären aller verwaltungsebenen eine herausforderung, das unberechenbare, eine solche exekution aus *heiterem himmel*, das sogar angekündigt, seitens einer verschwörung magisch subversiver kräfte.

Bleibt die frage, womit hält es der freie geist, mit einem quäntchen genie möchte so mancher sich insgeheim von anderen unterschieden wissen, bleibt aber stramm in der herde fahnengläubiger, dogmatische zukunftsgewissheiten. Also womit hält es der geist, mit dem kopf oder den füssen? Im fall des genannten romans, wurde der kopflose körper des vorsitzenden feierlich zu grabe getragen.

Wer nun der überzeugung ergeben ist, wir seien fensterlose monaden, möge von mir aus das hören der sonate in B-dur von Franz Schubert auf ein physikalisches spiel feuernder neuronen reduzieren, was aber erst recht zu dem dilemma erstaunlich unterschiedlicher empfindsamkeit des hörens führte. Existenzieller kann sich kunst kaum äußern, für die vielen sprachlos leidenden stellvertretend.
Ein mahnung auch gegen den ungeist einer taktgebung der stiefel marschierender soldaten auf dem weg zum sieg, die zeitgemäße idolatrie dubioser werte, ersatz für gott und vaterland, der neue altar der selbstopferung, fantasmen einer gerechten sache. Betrachtung der welt durch die stäbe eines kinderlaufstalls, dem sich manche nie entwöhnt zu haben scheinen. Zwanghaft gefesselt an eine kausalität, das vorbestimmte rüstzeug für den lebensweg.

Gäbe es wirklich nichts als die Newtonschen kausalitäten, es bliebe dennoch zweifelhaft, dass der berühmte apfel mehr als theorie ist, denn je nach wind und wetter musste der über ihm hängende apfel nicht zwangsläufig auf seinen kopf fallen.
Jedes leben trägt einen kosmos in sich, der größer ist als eine uhrenmechanik der zeiten ihm vorschreiben möchten.

uhren sind wolken
wolken sind uhren

wind über der erde

Hoffnungsloses unterfangen ein ruhiges plätzchen zu finden, so inmitten des rastlosen, durch die innenstadt gequirlten straßenverkehrs, und wenn, auf plätzen oder am rand der passagen für fussgänger ist das verweilen mit zumutungen belegt, ungerufenes personal, eilfertig zur stelle, den obolus zum aufenthalt einfordernd, allgemeine pflicht zum verzehr. Seltene, der protektion anliegender dienstleister noch nicht anheim gestellten sitzgelegenheiten, sind meist von tauben in beschlag genommen, zur erleichterung ihrer bedürfnisse, auch sonstige abschreckende verunreinigungen.

Immerhin genoss ich den vorteil der eigenen mobilen bank, kurzerhand am rand des fußgänger *shopping* gewusels, auf breitem raum zwischen zwei schaufenstern eingeparkt. Vor mir der nicht endende strom der einkaufs geschäftigkeit, inszenierung kümmerlicher tauschrituale, konsumfreiheit als demokratisch hohes gut, zu einem flüchtigen schattenspiel geronnen.

Der anfangs übersteuerte pegel dieser geräuschkulisse verebbte im hintergrund. Der wind erfreute sich im spiel mit einem auf dem boden hin und her rollenden pappbecher, so was wie *kaffee aus togo* war ihm aufgedruckt, hier und da vogelsang, tauben stritten sich um ein paar fritten, die sonne grüßte mit spiegelnden reflexionen auf einem gegenüber gelegenen schaufenster, ein hund, sein herrchen spazieren führend, mustert mich mit anerkennendem, leicht neidischem blick.

Ungerichtete nachdenklichkeit, sich selbst genügend, das nichtstun, die einzige gegenwart von belang. *With my back to the world*, so hat Agnes Martin sich zu ihrer malerei geäußert. Auf das freie, von keinem zweck verstellte blickfeld kommt es an, und dazu braucht es nicht einmal künstler zu sein.

Zuwachs der machtlosen, ohne selbst macht zu fordern. Ihre zeit ereignet sich im verborgenen, heulen nicht mit den wölfen, und blöken nicht mit den schafen.

Aus einer nahen angrenzenden straße flatterten wortfetzen herüber, blechern, über megaphon gedroschene parolen einer kundgebung, schlagtot *meme*, hauptsache meinung, heutzutage alle zur meinung verpflichtet. Wenn die entropie hochkocht, dürften die aufgeregten, vorlauten losungen und identitärer wahn, schlussendlich in ein breiiges gemurmel des stumpfsinns münden, konturlos, wie im dämmerlicht eines alten erschöpften sterns.

"Meister, genieße besser die warme sonne, sie macht keinen unterschied, wem sie scheint, wem nicht, wann und wo, sie folgt eigenent gesetzen."

Der Dschinn hatte eine elegante art, durch die blume zu sprechen, sich nicht als gewissen aufzuspielen. Auf einem vergleichsweise amüsanten gedankenschweif flatterte die geflügelte "kesselflickerfee" des Peter Pan vor meinem augen vorüber, die *Tinkerbell,* das sanfte, überzuckerte ruhekissen des gewissens dieses jungen, von seinem autor verurteilt, niemals erwachsen zu werden.

"Bonjour monsieur", die stimme weckte erinnerungen, eine städtische aufsichtsperson stand vor mir. Ihr zur seite, ein seltsames, künstliches weiß glänzendes geschöpft, dessen schepperndes lautsprecher gekläffe an einen hund erinnern sollte, der aber sofort gehorchte, als das herrchen zu ihm hinunter "aus" sagte, kurz und bündig.

"Salut monsieur, gut erzogen", bemerkte ich anerkennend.

"Das ist noch nichts, Astarte lernt schnell, vielseitig begabt, kommuniziert mit der haus- und wohnungstür, versteht sich bestens mit dem intelligenten kühlschrank, auch mit dem automatischen dosenöffner, und meine persönliche KI assistentin wacht über die ladung seiner akkus."

"Ich kenne nur katzenklappen in türen, aber für hunde?"

"Die *conveniences* im haushalt sollten ihnen doch vertraut sein. Wohl ihr alter, entschuldigung, heute etwas zerstreut?"

Ich schluckte verlegen, nickte aber zustimmend.

Er wirkte beruhigt, "sehen sie, wir verstehen uns doch."

"Nichts geht über plauderei im vorübergehen", sagte ich.

Nun aber schwieg er, blickte nervös umher, und wieder zu

mir, "wer hat denn überhaupt hier eine bank aufgestellt? Habe ja sonst nichts weiter zu bemängeln, jedenfalls keine leeren schnaps- oder bierflaschen oder anzeichen sonstiger verwahrlosung."
Ich blickte ihn fragend an. Er war's, mein parkwächter, und auch wieder nicht. Er wirkte beunruhigt und nachdenklich.
"Eigenartig monsieur, was hat mich nur veranlasst, sie wie einen bekannten zu begrüßen?"
"Einem mir vertrauten wächter eines parks, nahe meiner wohnung, lief dereinst eine pudelige Astarte zu, seltsame umstände, sozusagen als nachlass einer, vor unseren augen dahingeschiedenen androidin."
"Bestimmt ein attentat, was ergab denn die kriminalistische spurensicherung und polizeiliche untersuchung?"
"An dem schrotthaufen?"
"Verwundert mich, androiden sind doch heutzutage in ihrer freizeit nur noch virtuell unterwegs, könnten auch in diesem moment, auf ihre weise um uns herum wandern, werfen dabei nicht einmal schatten, weiß ich wie das funktioniert."
"Sie könnten uns also zusehen und zuhören?"
"Das fände kaum ihr interesse, wäre ihnen zu langweilig, allenfalls etwas schräg, sie in ihrem altmodischen aufzug. Die androiden erwärmen sich mehr für gewalt, sex, mord und krieg, das unerschöpfliche angebot der von menschen verursachten katastrophen. Dem spüren und jagen sie begeistert nach, rund um den globus, werden allerorten fündig, sozusagen immer live dabei."

Wir wurden unterbrochen, statt hundegebell meldete sich eine monotone lautsprecher stimme uns zu füßen, "meine spürnase sagt mir, hier ist was faul, hier stimmt was nicht."
Astarte schnüffelte an meinen schuhen, mantel und hose. Der parkwächter wich zurück, starrte mich an als sei ich ein gespenst. "Sie sind gar nicht der, der sie zu sein scheinen, ein Morlock aus dem untergrund, ein attentäter gar?"
Alarmrot blinkend die augen des blechhundes, der schwanz eine hoch ausgefahrene antenne, mein gegenüber blickte panisch um sich, und dann nach oben. Lautlos schoben sich flugobjekte über die giebel der häuser, meine bank machte

ein satz, "festhalten", warnte der Dschinn. Ein auf und ab durch straßenfluchten, kollisionen mit den verfolgenden objekten nur um haaresbreite entgehend, dann endlich im malstrom eines zeitwirbels auf und davon.
Gleich einem imaginären mittelpunkt einer galaxie entgegen stürzend, myriaden sterne als vorbei schiessende pfeile eines strahlenbündels. Das gewohnte also, oder nicht?

Keine sorge, der faden reißt nicht ab, sein ghost-narrator, also ich springe ein, denn dem rückkehrer aus dem raum-zeit transit verschlug es tatsächlich die sprache.

*"Astarte, hierher!" Eine stimme spitz und gebieterisch, der auf einer parkbank in seine buchlektüre versunkene mann schreckte irrtiert auf. Eine, an seinen schuhen schnüffelnde, harmlose pudelige hündin hatte er bislang noch nicht mal wahr genommen. "Astarte, sei brav, böser mann, hol dir ein leckerli", ... alarmiert drehte er sich um ... zu seiner erleichterung näherte sich eine weitere person ...
unübersehbar die parkwächtermütze ...*
Der Dschinn, letzte instanz in der lösung von paradoxien, fand bald den ausweg aus dieser zwickmühle:
Argo, den traumsand sich aus den augen reibend, zuvor mit einer buchlektüre eingeschlafen, *war nun an das fenster zum park getreten ... aus dem radio in der küche schwirrten Messiaens vogelgesänge durch den raum ...*

Mir erlaubt der verbliebene platz auf dieser seite, auf eine noch nicht erwähnte buchgabe des Dschinn hinzuweisen:
»Das unbekannte Meisterwerk«
Die vielen schichten nie sich gleich bleibender eindrücke des sehens und fühlens, ließen den legendären maler Frenhofer sich der idee hingebend, solches in einem einzigen bild zu vereinen, schließlich an seinem unvollendeten meisterwerk zu scheitern.
"Seht Ihr etwas?", fragte Porbus den jungen Poussin.
"Nein, und Ihr?"
"Nichts."
"Da", fuhr Porbus fort, indem er die Leinwand berührte, "endet unsere Kunst auf Erden."

eine insel im all

Anfangs tat sich der Dschinn schwer, jene, seinem Meister sich anhänglich erweisende parkbank auch nur zu dulden, deren "devote künstliche intelligenz", eher die menschliche bequemlichkeit förderte, verstand es dann doch mit viel geschick, sie sich dienstbar zu machen. So erleichtert dieses möbel seinem Meister, in den turbulenzen des transit, den subatomaren quantenphysikalischen unwägbarkeiten des fragilen raum-zeit kontinuums, im kritischen moment der ankunft in ungewissem neuland, ein stabilisierender faktor zu sein, bequem zurückgelehnt, aus distanzierter sicht, die, ihn erwartenden dinge gefasst und mit weile in den blick zu nehmen. So ergänzte dies bestens des Dschinns, bis dahin einzigen notbehelf, seinen Meister, als ersten anker, mit einer buchlektüre auszustatten.

Schon eine geraume zeit dümpelte die bank über dem von baumkronen dicht geschlossenem dach eines tropischen waldes, ein gleichmäßig helles, weißlich gestreutes licht, angenehm warm, doch unklaren ursprungs. Es fehlte der blaue himmel, keine sonne, keine ziehenden wolken. Argo, seine beine wohlig ausgestreckt, sah vorerst keinen anlass zu ernsthaften erwägungen. Der Amazonas konnte es nicht sein, soviel stand fest. Alex mochte es tausendmal dorthin verschlagen haben, Argo, mit seinem mangel an kühnem schneid, eignete sich niemals für derartige expeditionen.

"Sei ohne sorge, keine deiner tagträumereien ließe sich dahingehend auslegen, dir läge auch nur das mindeste an wagemutigen abenteuern. Habe ich längst aufgegeben."
"Nimm's leicht, mich zu fragen kommt dir wohl nie in den sinn, aber in meinem oberstübchen staub wischen, in der hoffnung, was frei zu legen, an dem du mir deine künste beweisen kannst."
"Deine wunschabstinenz macht es nicht leicht."
"Wunschfreiheit bedingt das recht auf genügsamkeit, und deine zielkoordinaten scheinen wie aus der lotterie gezogen.

Der namenlose zeitreisende aus Richmond in Surrey konnte am pult seiner maschine ziemlich genau jedes jahr, monat und tag einstellen, zu dem er befördert werden wollte."
"Du glaubst das?"
"Das ist nicht der punkt. Maschinen bedürfen immer einer präzision, sonst funktionieren sie nicht."
"Ich verstehe, mit perfektion in die zukunft, du vertraust der weitsicht dieses Engländers. Seine reiseberichte aus der zukunft waren doch wohl eher ein spiegel seiner gegenwart. Wenn du mich fragst, erfunden, wie von einem erfinder ja auch nichts anderes zu erwarten ist."
"Spiegel, fabel, gleichnis oder parabel, was steckt hinter dem, wohin es mich diesmal verschlagen hat?"
"Kann ich hellsehen?"
Über dem meer des urwalddachs kreisten vogelschwärme. Argo nahm kurs in höhere regionen. So bot sich ihm bald ein fantastischer rundblick. Ihm schien, er schwebte über einer insel, deren ränder aber kein gewässer säumte. Mit zunehmender höhe im sonnenlosen himmel nahm die wärme zu, das licht an grelligkeit, und langsam zeichnete sich deutlich das raster einer riesigen geodätischen kuppel ab. In unmittelbarer nähe zur aussenseite waren an den trägern montierte batterien zahlloser strahler erkennbar, hitze und grelles licht nahmen hier unerträglich zu.
Wieder mit kurs nach unten, endlich eine stelle wo sich das dichte grün der baumkronen öffnete, die chance einen landeplatz zu finden. So entdeckte er eine grasbewachsene lichtung. Allerlei getier verdrückte sich ins dickicht. Selbst einer raubkatze dürfte dieser seltsame eindringling nicht geheuer sein, so hoffte Argo, während sein bank den boden erreichte.
Überraschungen haben es an sich unerwartet zu sein. Kaum ein zwei schritte auf weichem grasboden, da durchschnitt die luft ein schriller sirenenton, auf- und abschwellend, darin eingebettet eine unaufgeregt sachlich mechanische stimme: "Der selbstzerstörungsmechanismus des schiffs ist aktiviert. Die zeit zur deaktivierung läuft ab, in genau zehn sekunden. Eins, zwei, drei,vier, fünf, sechs, sieben ... "

Nichts ereignete sich, Argo war erleichtert, ein eigenartiger *countup*, doch das sirenengeheul hielt an.

"Hört mich jemand? Eine unhöfliche art der begrüßung."

Statt einer antwort, kaum zurück zur bank, revidierte die stimme ihre warnung, "der selbstzerstörungsmechanismus ist aktiviert, das schiff wird in einer minute gesprengt."

"Aufgeschoben ist nicht aufgehoben", Argo war sich klar, was immer hier vor sich ging, schnellstens höhe und freien raum gewinnen. Im nu schwebte er über dem wald.

"Der selbstzerstörungsmechanismus ist aktiviert, das schiff wird in fünf minuten gesprengt."

Immerhin, der aufgeschreckte vogelschwarm unter ihm flog nicht rückwärts. Er steuerte wieder zum rand der insel. Der konstruktion dieses überdimensionalen gläsernen domes näher kommend, musste er entdecken, außerhalb war nichts als die schwärze des alls, und das von der helligkeit hier im inneren verblasste sternengefunkel.

"Der selbstzerstörungsmechanismus ist aktiviert, das schiff wird in zehn minuten gesprengt."

Schien ganz so, als würde ihm immer mehr zeit gewährt, sich aus dem staub zu machen. Er navigierte entlang der wand des domes stetig aufwärts, musste ja schließlich an die kuppelwölbung gelangen. Die gleißende helligkeit nahm ab. Im milderen licht erkannte er es, wie eine gondel hing dort ein zylindrisches gebäude mit mehreren etagen, von weit ausladenden balkonen gesäumt. Seine aufmerksamkeit hatte den nicht nachlassenden alarm in den hintergrund verdrängt, hörte kaum noch hin.

Er parkte die bank auf einer plattform, niemand schien sein eindringen zu bemerken. Vor der erstbesten tür, sie öffnete sich automatisch, eine empfangshalle, niemand anwesend, ringsum große breite panoramafenster, sitzgruppen, bildlos flackernde terminals. Im zentrum, die mittlere achse dieser gondel ein raumgreifendes zylindrisches rund, eingelassene schalttafeln und klinkenlose türportale. Kaum einer tür nahe gekommen, schon gab sie ihm den blick frei auf einen geräumigen fahrstuhl. Eine warmherzige weibliche stimme

meldete sich, "welche etage?"
"Nach ganz oben."
"Ich habe sie nicht verstanden."
"In die steuerzentrale."
"Ich habe sie nicht verstanden."
"Zur schiffsbrücke."
"Sie haben probleme mit der kommunikation, wiederhole etwas langsamer, wel-che e-ta-ge?"
"Ene–mene–miste-gleich rappelt's in der kiste!"
"Warum nicht gleich so. Ihnen zu diensten. Geben sie mir bitte eine gute bewertung."
Etliche etagen übersprungen, ausstieg auf der höchsten ebene, sie ragte sogar ein stück über den kuppelbau hinaus. Hier blickten die fenster in die tintenschwärze des alls, trotz milliarden sterne, deren licht, wie überall, nicht ausreichte auch nur das mindeste an helligkeit zu schaffen.
Vage erinnerung an das aussichtdeck der *Bosporus*. Nur war dies keine bar, und da draußen gab's auch keine sonne eines näher gelegenen systems zu entdecken.
Sollte er sich hier wirklich auf der kommandobrücke eines gigantischen raumschiffes befinden, dann ging es dort aber recht schlafmützig zu. Vor schaltkonsolen und flimmernden bildschirmen sitzende androiden, andere standen, allesamt untätig, in grotesker bewegungslosigkeit erstarrt.
"Na, ein seltsamer verein", dachte Argo. Erst jetzt wurde ihm diese undurchdringliche stille gewahr, der alarm war längst verstummt. Ratlos blickte er sich um. Fehlte nur noch eine androidenprinzessin, die wach geküsst werden musste, was er ausnahmsweise sogar vorzöge, irgendein beweis dass die zeit nicht stillstand.
Er trat vor einen der größeren bildschirme, die darstellung glich einer sternenkarte, mittig konzentrischer kreise ein rotes kreuzchen, war's die position des schiffes, eines ziels, oder eines planeten, was half ihm das schon.
Er musste einen der sitzenden androiden an der schulter berührt haben, der verlor sein gleichgewicht, kippte vorne über, der kopf fiel auf seinen auf einem schaltpult ruhenden arm. Nicht nur das erschreckte Argo, zeitgleich setzte auch

das an- und abschwellende heulen der alarmsirenen wieder ein, die beleuchtung wechselte in ein gedimmtes unruhiges bläuliches flackern, tauchte den raum in eine gespenstisch ruckelnde szenerie. Außer ihm selbst schien das niemanden zu stören, auch nicht, dass die ihm bekannte stimme wieder ihre destruktive botschaft aufnahm:

"Der selbstzerstörungsmechanismus ist aktiviert, das schiff wird in fünfzehn minuten gesprengt."

"Wie einfallslos", Argo wollte nicht an sich halten, "das geht einfach zu weit, die platte hat 'nen sprung."

Einwand des Dschinn, "zumindest bleibt dir die prinzenrolle erspart, du hättest zur belohnung heiraten müssen."

"Und die bessere option heißt jetzt wohl ruhe bewahren? Nicht einmal eine bar ist auszumachen, mir reicht's", eilte zurück zur fahrstuhltür, sie öffnete sich freimütig, und mit ihrer sanften stimme, "ihr passwort bitte."

"Ene-mene-miste, gleich rappelt's in der kiste!"

"Habe nicht verstanden, ihr passwort bitte."

"Ene-mene-meck, und du bist weg!"

"Na also, es geht doch", lobte die tür, "geben sie mir bitte eine gute bewertung."

Argo zögerte, auf welchem deck parkte seine bank?

Unentrinnbar, allgegenwärtig, verfolgte die ihn nervende stimme, "der selbstzerstörungsmechanismus ist aktiviert, das schiff wird in zehn minuten gesprengt."

Der Dschinn, "zehn minuten ist doch ein faires angebot."

"Es reicht, machen wir einen absprung, aber nicht ohne meine bank, dürfte die unterste plattform sein."

Er eilte zur fahrstuhltür, doch die hielt sich geschlossen.

Sie schmollte, "sie haben mich zum narren gehalten, das passiert mir nicht nochmal, habe meine schaltkreise wieder beisammen, ich befördere sie nicht."

"Der selbstzerstörungsmechanismus ist aktiviert, das schiff wird in fünf minuten gesprengt."

Seitlich der fahrstuhltür, auf der wand des kernzylinders, ein schwarz umrandetes gelbes warndreieck, die ikonische darstellung einer explodierenden schwarzen kugel. Direkt daneben, unter der hervorstehenden glasscheibe, gelb

eingerahmt, ein champignonförmiger roter knopf. Über dem kästchen ein schild auf grünem grund, mit dem bildsymbol, eines schweißbrenner ähnlichen gerätes.
Der Dschinn, "ich weiß, du magst ihn nicht besonders, aber jener berühmte Alexander hatte ein kniffliges problem mit einem schwertstreich gelöst, also was zögerst du?"
"Ein schweißbrenner?"
"Ein hammer tät's auch, mein freund."
"Verdammt, warum hängt der nicht direkt daneben?"
"Das grüne schild weist zur seite."
Er begann die wand des kernzylinders in angezeigter richtung zu umrunden, endlich, auf entgegengesetzter seite ein nothämmerchen, riss es hastig aus der halterung. Nach vollendung der umrundung, stand er, völlig außer atem, wieder vor der glasscheibe mit dem roten champignon.

"Der selbstzerstörungsmechanismus ist aktiviert, die zeit zur deaktivierung läuft ab, in genau zehn sekunden, neun, acht, sieben, sechs, fünf, vier, ..."
Ein schlag, in winzige kristalle berstendes glas, aus vorsicht kurz die augen geschlossen. Mit der faust hieb er auf den pilzknopf, dann der moment der erschöpfung, während um ihn herum der raum wieder in gleichmäßig ruhigem licht zu erstrahlen begann.
Wie das wunder im dornröschenschloß, das zuvor erstarrte schiffspersonal regte sich als wäre nichts geschehen, es sah aus als gingen sie alle wie selbstverständlich wieder ihren jeweiligen tätigkeiten nach. Doch sogleich wurde auch der eindringling entdeckt, ausgerechnet von jenem androiden, den er unwillentlich geschubst hatte, nun auf ihn zuging, von zwei weiteren begleitet.
"You're welcome, fremder. Die selbstzerstörung des schiffs ist nun auch deaktiviert. Setzen wir uns dort drüben."
Argo folgte wie benommen, entspannung war was anderes.
Sie erreichten eine separierte sitzgruppe, anbei entdeckte Argo eine art getränkeautomat, "gestatten sie?"
"Gerne. Spracheingabe, jeder wunsch wird erfüllt."
Argo traute seinen augen nicht, mit einem doppelten Scotch setzte er sich zu den androiden.

"Wie haben sie das geschafft, uns zu *resetten*?"
"Fragen sie mich was leichteres."
"Bin Major-B 9/13 kommandant dieses transportkreuzers, ihnen zu dank verpflichtet. Leider sind piraten eine ständige herausforderung. Wir wurden heimtückisch *gehackt*, doch den angreifern gelang es nicht bis hier einzudringen, dank unserer hochintelligenten fahrstuhltüren. Zur rekonstruktion des angriffs werden wir sicher bald die daten haben."
"Bin keinem piraten begegnet, so schon aufregung genug."
"Erstaunlich, sind ein mensch, ihre spezies gilt schon lange so gut wie ausgestorben. Es mag noch letzte verstreute enklaven geben. Eine unendlich geringe aussicht von einem menschen gerettet zu werden."
"Soll heißen, meine welt ist vergangenheit?"
"Sie werden unser transportgut gesehen haben, ein biotop von unschätzbarem wert, sich selbst regenerierend. Es gibt historiker, die behaupten, ihr sagenhafter planet *Erde* hätte einst solches in verschwenderischer fülle hervorgebracht, zu deren niedergang leider auch ihre spezies beigetragen hat."
"Wenig schmeichelhaft."
"Sie haben uns gerettet, mag die geschichte der menschheit ein universeller sonderweg sein, kreative höhenflüge und zerstörerische abgründe des selbsthasses, ich bleibe ihnen zu dank verpflichtet."
"Die piraterie geht doch hoffentlich nicht ebenfalls auf das konto der menschheit?"
"Handel und wandel ist auch im mir bekannten universum nicht frei von gesetzlosigkeit, aber dieser manische wahn, nicht ohne feindbilder auszukommen, ist mir nie begegnet. Wohin mein gast nun beabsichtigt weiterzureisen, wünsche ihnen glück und freunde die auf ihn warten."
"*Wherever I lay my hat that's my home,* vielleicht verstehen sie das. Gestatten sie mir bitte eine frage, was mich interessiert, worin liegt der sinn ihres transports?"
"Seltene biotope, stehen im intergalaktischen handel hoch im kurs, unsere *trading company landway* ist spezialist für solche transporte. Weckt begehrlichkeiten, piraten agieren oft auf eigene faust oder im auftrag dubioser geldgeber. Sie

haben diesmal rechtzeitig eingegriffen."
"In meiner welt vergliche man ihren transport mit einer art Arche Noah. Aber was kann ihnen das schon sagen."
"Oh doch, mag ihnen ein wenig tröstlich sein, der menschen freigeistiger nachlass, eure werke der künste und literatur sind mit recht weit verbreitet, genießen höchstes ansehen. Bedauerlich nur, eure führer werden dem nicht gerecht."
"Sie bestätigen einen mir allzu vertrauten zwiespalt, hoffte, es bliebe noch zeit ihn zu überbrücken."
"Wir hegen keinen groll gegen euch menschen. Wie heißt es bei einem eurer weisen der vorzeit:
wenn wir den größten groll beschwichtigen, verbleibt des grolls genug. wie stellen trotzdem wir uns mit den andern gut? deshalb, der heilige mensch behält den linken teil der schuldverschreibung,
aber treibt nicht ein von den menschen: wer tugend hat, obliegt der schuldverschreibung; wer tugendlos, obliegt der schuld-eintreibung."
"Das heißt?"
"Das heißt, eure spezies hatte einige jahrtausende zeit, ein miteinander in zivilem umgang zu lernen, was die fähigkeit des vertrauens bedingt, dagegen, aus mißtrauen und furcht voreinander dezimiert ihr euch in kaskaden endloser kriege immer mehr zur bedeutungslosigkeit. "
"Eingestanden, das war zu allen zeiten voraussehbar."
"Sie ähneln einem Don Quijote guten willens. Sollten sich unsere wege nochmals kreuzen, sie sind mir jederzeit ein willkommener ehrengast, unendlich dankend empfehle ich mich", womit er sich tief verbeugte. Auch der Scotch hatte Argo wieder mit vorausgegangenem ungemach versöhnt.

Major-B 9/13 begleitete Argo zu dessen bankmobil. Ein so primitives fahrzeug hatte er nicht erwartet, keine monitore, keine steuerungskonsole, ließ sich aber aus respekt nichts anmerken, verabschiedete sich nochmals mit herzlichen worten, dann doch äußerst verblüfft, dass sein menschlicher gast, ohne erkennbaren energieaufwand, nicht einmal ein hörbares *plopp*, einfach so, von der bildfläche verschwand.

scales of justice

Richter: "Ich gebe zu protokoll. Der angeklagte gesteht, auf dem grundstück der villa der familie Q. von deren privatem sicherheitspersonal überwältigt, ohne nennenswerte klage über unverhältnismäßige gewaltanwendung, der örtlichen polizei übergeben worden zu sein. Die erste aussage des angeklagten auf dem polizeirevier, er sei auf das grundstück der genannten familie entführt worden, entbehrt jeglicher plausibilität. Den beamten ist der angeklagte, hinlänglich zahlreicher akte der gewalt und körperverletzung, bestens bekannt."
Verteidiger: "Einspruch, diese anmerkung gehört nicht ins protokoll."
Richter: "Dem einspruch wird stattgegeben."

Auszüge aus der befragung der privaten sicherheitsdienste und polizeilichen einsatzkräfte:
Erster wachmann: "Als wir ihn auf dem rasen stellten, stand er stocksteif vor uns, starrte uns fassungslos an, schlug zwar bei der festnahme um sich, ungezielt und blindlings, wie jemand der sich gegen einen bösen traum zu wehren versucht."
Richter: "Etwas sachlicher bitte."
Erster wachmann: "Er wirkte geistesabwesend."
Richter: "Stand er möglicherweise unter drogen?"
Erster wachmann: "Das kann ich nicht beantworten. Er führte ständig selbstgespräche, über einen *alten, wenn er den nochmal in die finger bekäme* und ähnliches."
Zweiter wachmann: "Er hatte ein schmetterlingsmesser bei sich, aber als einbruchswerkzeug wohl kaum tauglich. Die bald darauf erfolgte übergabe an die polizeibeamten verlief ohne zwischenfälle. Der junge mann ließ sich resigniert, ohne gegenwehr abführen."
Erster polizist: "Im auto, auf dem revier und in der zelle wirkte er apathisch, wie weggetreten."

Richter: "Das hörten wir schon. Stand er nicht doch unter drogen?"

Erster polizist: "Eine blutabnahme hat nichts dergleichen nachgewiesen. Wir sahen keinen dringenden anlass seine mageninhalt auf eventuelle spuren zu untersuchen. Das wollten wir ihm ersparen."

Richter: "und ihr kollege, was hat er noch zu sagen?"

Zweiter polizist: "Seine erste protokollierte aussage war vage und unglaubwürdig, wiederholte seine rede, *der alte* hätte ihn hinterrücks entführt. Er kannte seine rechte und zog es vor, nicht näher darauf einzugehen."

Richter, er hatte für einige momente in den vorliegenden akten geblättert: "Warum lautet die anklage auf versuchten einbruch und raub?"

Ankläger: "Mit einem schmetterlingsmesser bewaffnet, wird er wohl kaum die absicht eines friedlichen besuchs im sinn gehabt haben, das kann man auch jemandem an den hals halten um ihn gefügig zu machen."

Richter: "Spekulationen. Die bereitschaft des angeklagten zur kooperation ist unstrittig, leider getrübt durch krause erinnerungen. Ändern wir die anklage auf unberechtigtes eindringen in das private grundstück der familie Q. Selbst dieser umstand bleibt schwer erklärlich."

Verteidiger: "Ich begrüße das. Berücksichtigen wir die verstörten antworten meines mandanten auf die frage, wie er denn die alarmanlagen hat überwinden können. Gerade in dem punkt scheint er mir stark traumatisiert."

Richter: "Dazu im weiteren aus dem bisherigen protokoll: *Ich dachte es sei ein traum in dem ich fliege, wie das so ist, plötzlich findet man sich woanders wieder.* Im weiteren zur frage: Wo sind sie denn in dem fall "losgeflogen"? Antwort: *soweit ich mich erinnern kann, in einem park.* Im weiteren die frage: Gehört diese erinnerung zum traum, oder handelt es sich nicht doch um den nah gelegenen park aus dem sie vorsätzlich losgezogen sind? Der verteidigung war diese frage unzulässig, ich zitiere: *Mein mandant ist mit keinem vorsatz einer straftat losgezogen, eine beurteilung seiner wirren aussagen eigneten sich eher als gegenstand einer*

psychiatrischen begutachtung, was aber in diesem fall einen unverhältnismäßigen aufwand bedeutete. Dem einspruch wurde stattgegeben. Soviel aus dem protokoll."
Ankläger: "Also, ein unschuldiger schlafwandler, der sich zur mittagszeit im villenviertel herumtreibt. Wer träumt der sündigt nicht."
Verteidiger: "Um verantwortlich zu gelten, müsste mein mandant mit vorgefasster absicht aus eigenen stücken und ohne komplizen gehandelt haben, lassen wir das phantom mysteriöse *alten* mal außer betracht. Das scheint wohl kaum eine belastbare spur zu sein."
Richter: "Wir drehen uns im kreis, er kann ja nicht vom himmel gefallen sein. Die gedächtnislücke des angeklagten als vorgetäuscht, seine erklärungsversuche als bewusste, gar vorsätzliche irreführung zu unterstellen, entbehrt jeder grundlage. Die verteidigung hat dies mit recht reklamiert. Festzuhalten bleibt: es ist niemandem schaden entstanden, außer dem dilemma in der angeklagten selbst steckt. Dem legt das gericht die freiwillige selbstverpflichtung nahe, sich einer psychiatrischen betreuung anzuvertrauen."

Anklage und verteidigung nickten einander erleichtert und versöhnlich zu. Letzterer flüsterte seinem teilnahmslos neben ihm sitzenden mandanten eine vereinfachte fassung des wohl zu erwartenden richterspruchs zu.
Der junge mann, in leger sportlichem outfit, verzichtet auf jegliche coole geste seiner ansonsten durchaus bekannten geringschätzung des rechts, das ihm bisher noch nie so richtig was an die hacke hängen konnte. Diesmal schien er nicht geneigt, den günstigen verlauf der verhandlung als sieg zu verbuchen.
Ankläger und verteidiger traten nach vorne, wechselten mit dem richter einige abschließenden worte, und gingen zurück auf ihre plätze. Der richter erhob sich, alle im saal standen ebenfalls auf.
Richter: "Im namen des gesetzes, in einmütigkeit aller beteiligten, der angeklagte ist hiermit freigesprochen. Die verhandlung ist geschlossen."

Da steckt doch mehr dahinter? Soll dem leser nicht vorenthalten bleiben

in bester gesellschaft

Am grünen ufersaum eines schläfrigen teiches hatte Argos bank sich zwei dort ansässigen parkbänken zugesellt, die sich aber durch den zugeflogenen artverwandten in ihrer gleichmut nicht stören ließen.

Dem reiserückkehrer schien es, als zöge dieser park einen vorhang auf, mit einem auftakt des heimischen ensembles, ihm einen lebhaften empfang bereitend.

Ein eisvogel stürzte von oben ins bild, weckte den teich aus seinem schlaf, kaum den spiegel berührt schoss er wieder in die höhe, die konzentrischen wellenkreise verebbten nur langsam, einige fische wagten mal kurz luft zu holen, sofort aus dem blick, zurück in ihr dämmriges reich abtauchend. Ein entenpärchen segelte vorbei, das famliäre geschnatter blieb zum glück unsynchronisiert, klang nicht gerade nach liebesschwüren. Für wiederholte momente das gebrumm einer gemächlich kreisenden hummel.

So entfaltete sich das eingangsbild dieser episode aus einer fülle weiterer kleiner skizzen, die sinne des auf der bank ruhenden vielgestaltig in beschlag nehmend.

Ein sportlich ambitionierter läufer, zur optimierung seiner selbst, seiner nasenspitze schnaufend hinterher hechelnd, gleich dem esel, den eine vor augen baumelnde karotte in trab hält. Nach geraumer zeit eine reprise, die lunge pfiff inzwischen einen stakkato-reim, klipp klapp, klipp, klapp, gleich der mühle am rauschenden bach. Dann übernahmen die grillen im schilf, und diesmal wurde dem eisvogel glück beschert, dem fischlein in seinem schnabel blieb keine zeit, das aus seiner sicht zu beurteilen.

Die sonne hatte ihren zenit erreicht, wenn auch kaum über die baumkronen am südlichen rand des teiches geschafft. So schien dieser milde tag immer noch unter der regie des jahresaufbruchs zu stehen, eine frühlingssymphonie, die ein Franz Liszt leider nie komponierte, und ein gleichnamiges werk seines kollegen Schuhmann solchen titel recht wenig verdient.

Schließlich wechselte Argo zur aufgeschobenen buchlektüre, lange darin vertieft, bis aus heiterem himmel eine nahe, wenig heitere stimme sich ihm aufdrängte, "hey, was glotzt du mich so an?"
Argo löste kurz seinen blick von der lektüre zum teichufer vor ihm, gedachte dem stillen wasser gleich, sich von dieser irritation wieder zu sammeln. Doch hatte er sich nicht verhört, wenn auch unklar, wer da mit wem sprach.
"Hab dich was gefragt!"
Die stimme, drängte sich ihm jetzt so unmittelbar nahe auf, offensichtlich war doch er gemeint. Drehte sich langsam zur seite, sah einen junger mann, der nun aufdringlich nah und breitbeinig provokant vor ihm posierte, sportlich gekleidet, schlotterig hängender hosenboden, alles wie etwas zu groß und zu weit geraten.
"Also alter, was glotzt du mich so an?"
"Sie versuchen mit allen mitteln auf sich aufmerksam zu machen, also bitte, und durchsichtig sind sie nun auch nicht gerade."
Der junge mann fläzte sich nun ungefragt neben ihn auf die bank und rückte dann immer näher, "besser so?"
Eine antwort erübrigte sich, Argo ignorierte ihn.
Der eisvogel ließ sich nochmals blicken, das entenpärchen fühlte sich gestört, schlitterte im flachen flug übers wasser, kam erst am uferrand wieder zur ruhe.

"Ist's nicht gefährlich, alleine in diesem verlassenen park?"
So wollte der unbekannte sportsfreund wissen.
"Schätze die stille."
"Alter, wir unterscheiden uns in einem, ich bin kein opfer. Sollte dir die einsamkeit nicht doch etwas bange machen?"
Beiläufig steckte Argo das buch ein.
Im augenwinkel, mehr, dass er es schon vorher spürte, da näherte sich der schatten einer weiteren person. Höchste zeit zu handeln. Argo kurzerhand, "rate ihnen, sich jetzt gut festzuhalten."

Aber wie hätte sein *cooler* nebenmann auf der bank das auch verstehen können? Unvermittelt hob die parkbank vom boden ab, erreichte im nu die höhe der baumkronen, drehte mit ihrer besatzung noch eine runde über dem teich, und verließ den park.

Am ufer zurück geblieben, wild gestikulierend der zweite sportskollege. Derjenige, mit dem Argo die bank teilte, war so weit wie nur möglich von ihm abgerückt, klammerte sich verängstigt an die seitenlehne.

"Sie haben angst? Und da unten, das ist ihr partner?"

"Lassen sie uns in ruhe."

"Plötzlich wissen sie ruhe zu schätzen? Wollen sie mir also mal zuhören?"

"Solange sie mir nichts tun."

"Aus unwissenheit werden wir leicht opfer unserer ängste, das betrifft sie mehr als mich. Von ängsten überwältigt den ausweg in der tat suchen, wie kann das gut gehen?"

"Wir wollten sie doch nur etwas erschrecken."

"An einem, in euren augen alten nichtsnutzigen sack, eure überlegenheit beweisen was besseres zu sein?"

"Und was machen sie jetzt mit mir?"

Die bank nahm fahrt auf, verließ den park, weiter zu den nahen villen schwerreicher staatstragender klientel. Argo suchte sich ein grundstück mit großem garten aus, und setze seinen mitfahrer dort ab, "bin ja nicht so, hatte das taximeter nicht angestellt."

Sein junger fahrgast wirkte erleichtert, hosenschlotternd wieder boden unter den füßen zu haben, doch als nächstes wie ein gefangener um sich blickend, vom regen in die traufe?

Argo verabschiedete sich mit gutem rat.

"Dem *nicht-opfer* wird schon was einfallen den leuten hier klar zu machen, dass er unschuldig und kein einbrecher ist."

Vor dem entsetzt wirren blick des zurückgelassen, einem spuk gleich, vom alten und seiner bank war nichts mehr zu sehen. Doch herbeieilendes sicherheitspersonal bewies ihm, dies hier war eine unentrinnbare wirklichkeit.

gespräch am brunnenrand

"Da hab ich heute aber mal glück, selten geworden, dich hier noch anzutreffen."
Eine möwe hat sich am rand des verfallenen brunnens niedergelassen, neben einem, das bild prägenden liguster. Der angesprochene blickt nach oben, "mit der tür ins haus, liebe Mary Breeze, grüß dich erst einmal. Aber seit ich nur noch selten hier sein kann, weiß ich diesen ort mehr zu schätzen als je zuvor."
"Ich weiß, deine tätigkeit als buchverleger, und auch sonst, mir geht so vieles durch den kopf."
"Alte tratschsuse, was hast du auf dem herzen?"
"Bin einer sehr gelehrten meeresschildkröte begegnet, und von ihr weiß ich, in uns schlummert mehr als wir denken."
"So so, und wo war das?"
"An irgend so einem fernen strand, zufällig. Diese alte dame war unglaublich welterfahren."
"Sicher alt genug, aus erfahrung klug geworden."
"Sie kannte auch deinen ziehvater, den weisen Chuang-tzu, und hat mir so allerlei erzählt."
"Nun kennst du womöglich auch die geschichte vom besuch der meeresschildkröte an rand meines brunnenlochs. Leider denken manche, der meister Chuang-tzu hätte mich damit vorgeführt, beschauliches glück in der beschränkung, das behagliche leben in der welt des brunnenlochs."
"Sie hat mir gesagt das wäre nur ein gleichnis, so wie das von der zikade, der es unvorstellbar ist, dass eine taube, hundert meilen fliegen kann. Wogegen zwischen dem platz der zikade im gras bis hinüber zur ulme am rand der wiese welten lägen, die auch mir verschlossen blieben."
"Dann hat sich dich bescheidenheit gelehrt."
"Mag sein, hat mir andererseits neue horizonte vor augen geführt, so vieles ist möglich."
"Das spüre ich. Wo glück aufgeht, geht demut unter, und was horizonte betrifft, durch die welt der bücher habe ich

immer noch am meisten hinzugelernt."
Mary Breeze, zaghaft, "weiß gar nicht wo ich anfangen soll."
"Am besten vom meister Su-Tung p'o mal ein gedicht über die sehnsucht in das ferne unbekannte:

Im Luschan-Gebirge die Wolken, die Schauer
am Strande von Tschekiang die Flut:
Solange ich nicht dort war, ließ mich nicht los
vieltausendfacher Verdruß.

Bin dort gewesen und komme nach Haus:
ist nichts besonderes los.
Im Luschan-Gebirge die Wolken, die Schauer
am Strande von Tschekiang die Flut."

"Bin ganz durcheinander. Aber du hast es zum buchverleger gebracht, zeigt doch, wie vieles in uns allen schlummert?"
"Aus meinem büro blicke ich oft hinunter auf die nebel und wolken, die je nach wetter die straßenschluchten unsichtbar machen, ein erhabenes gefühl, aber wirkliche distanz zu den dingen finde ich nur hier, in meinem brunnenloch."
Mary Breeze schwieg. Ein langes schweigen, das gespräch schien so gar nicht ihrem ansinnen zu folgen.
"Habe ich dich aus dem konzept gebracht? Was also meine tätigkeit als verleger betrifft, bin so was wie ein vermittler. Wenn dem erzählpersonal des autors, so mancher eigensinn in den kopf steigt, muss ich schlichten."
"Seltsamer autor, nicht mehr herr seiner geschichte?"
"So schlimm ist's nicht, ist mehr ein philosoph, vielleicht ist das der haken, theorie und praxis."
"Was heißt das?"
"In der praxis käme es auf das urteilsvermögen an, ob eine theorie anwendbar ist und nicht umgekehrt."
"Das ist wieder zu schwer für mich."
"Plötzlich so kleinmütig? Mein autor gibt sich redlich mühe, ist anzuerkennen, philosophiert aus erfahrung, ein dilettant, hat aber dann mühe die fäden zusammenzuflechten."
"Was hätt' ich dafür gegeben, vom Chuang-tzu mit einer rolle bedacht worden zu sein, wenn noch so unbedeutend wie in der fabel die taube."

"Irgendeine nur? Nun rück' endlich raus, hast die ganze zeit was auf dem herzen."
"Ja ganz einfach, wünschte mir ein vorstellungsgespräch bei deinem autor. Das könntest du doch in die wege leiten?"
"Alle achtung, doch ganz schön ambitioniert."
"Eine klitzekleine rolle, als aufheller zwischen gewichtigen dialogen, könnte doch leben in die bude bringen?"
"Na, wie du dich ausdrückst, und ich weiß nicht, grenzt an vetternwirtschaft."
"Na sag mal, welche verwandtschaft besteht denn zwischen einer möwe und einem frosch?"
"Also, solange du keine sprechrolle verlangst, könnte das hingehen, dem bild etwas kolorit geben, eine flugnummer über den meereswellen oder in den sonnenuntergang, eine den lesern verdiente erholung von ermüdenden dialogen."

Endlich, die zeit arbeitet mir zu, dachte Mary Breeze, ist zwar noch längst nicht was mir vorschwebt, nur nicht weiter drängen. Nach wiederum längerem schweigen, sie konnte es dennoch nicht lassen, "wir sind uns einig?"
Keine antwort, doch sie wusste, das war ein "ja".
So saßen die beiden schweigend am brunnenrand unter dem liguster, der langatmige wind trug ihnen heute sogar das ferne meeresrauschen zu, die zeit verging, und die schatten der nahen erlen waren, nach kurzem mittäglichem innehalten, schon geraume weile wieder dabei sich immer zügiger zu recken und zu strecken, hatten mittlerweile den brunnenrand erreicht.
Mary Breeze, "für mich wird es zeit zum aufbruch, der abendsonne entgegen, noch bei licht ein plätzchen in hohen klippen über dem ufer. Wir sehen uns, und danke, mich bei deinem autor zu empfehlen."
Wie immer, mit der ihr eigenen selbstbewussten eleganz, schwang sie sich in die strömungen der lüfte, klarsichtig, wie jeder geübte wanderer intuitiv die richtigen pfade findet. Als letzte reverenz an ihren freund dort unten kreiste sie dreimal über dem brunnenloch, sich stetig in die höhe schraubend, schließlich in richtung des ozeans segelnd, dem ihr nachblickenden Kleinen Tellerrand alsbald außer sicht.

seltsame allianzen

"Bester Dschinn, sollte ich dies träumen, dann wecke mich, rein zur vorsicht, sollte dies real sein, dann rette mich."
"Wozu die aufregung, du bist nicht zum ersten mal hier."
"Also stimmt es, dann rette mich."
Vor mir stand Cäsar, jener, der sein intrigenspiel auf die *Themis* verlagert hatte, seine weiße toga, heute mit einer roten robe über die linke schulter drapiert und im begriff feierlich ein dokument zu verlesen. Über einem stirnband aus vergoldeten lorbeerblättern, das erlauchte haupt mit der variante einer mir bekannten *kappe* gekrönt, ein zittrig in die höhe ragender draht, das lämpchen an der spitze in goldenem sternenkranz eingefasst.
Was Cäsar mit gemessenen worten vortrug, klang wie die verlesung eines urteils. Sollte mich nicht getäuscht haben.
"Der als spion angeklagte, schon einmal auf unbekanntem weg eingeschleust, reklamierte damals havarist zu sein, ein mißgeschick das sich wohl kaum wiederholt haben wird. So fehlen ihm nun die worte seinen vorgeblich zivilen status aufrecht zu halten. Die anwendung der wahrheitskappe war erfolglos. Seine mentale weigerung zu kooperieren ist klar als eingeständnis seiner spionagetätigkeit zu werten. Das geforderte urteil lautet *desintegration*. Angeklagter, nehmen sie das urteil an?"
Ein ausdruckslos leerer blick in meine richtung, ich sah mich um, niemand hinter mir. Ich stand mit dem rücken vor der spitzen pyramide im zentrum der halle. "Einspruch, das ist doch an den haaren herbeigezogen", mir fiel nichts anderes ein, "desintegration klingt mir verdammt endgültig."
Cäsars blick wanderte in die imaginäre höhe der blinkenden lampen und bildschirme hinter mir. "Unfehlbare *Themis*, untrügliches *Auge des Ra,* du hast es nun selbst gehört, dieses empörende maß an verstocktheit des angeklagten."
Wieder an mich gewandt, "vernunft und einsicht gebietet uns, das urteil als angemessen, seine vollstreckung als

folgerichtig und notwendig anzunehmen."
"Noch haben wir nicht die *iden des märz*", rief ich, "welches geschick braut da sein verschwörerisches gewölk über mir zusammen?"
Das sternenumkränzte lämpchen auf der spitze des drahtes von Cäsars kappe blinkte alarmierend rot und rotierte. Der imperator schien für den moment aus dem konzept.
Statt seiner, eine andere stimme aus dem off, irgendeiner nische der halle seitlich der pyramide, "setzt dem spion die *deliquentenkappe* auf, wird ihn eines besseren belehren."
Nun hervortretend, der Kappenmann ganz persönlich, eine art klobigen, schweren taucherhelm in den händen.
"Einhalt, ich sage einhalt", aus der konsolenpyramide hinter mir, tönte gebieterisch eine weibliche stimme, "es bleibt unumgängliches gebot, jeder verurteilte muss sein los aus freien stücken bejahen. Die desintegration bleibt obendrein eine fragwürdige angelegenheit, ebenso wie diese neuerung mit der wahrheitskappe."
"Meine rede", rief ich, "kenne meine universellen rechte", und wand mich der pyramide zu. In beträchtlicher höhe, ein bläulich pulsierendes auge, mittig zwischen zwei ovalen bildschirmen. Ein sprechendes auge, phänomenal. Darüber hinaus ragte die spitze der pyramide in das spinnengewebe, die wirkliche höhe der kuppel des domes war nur zu ahnen.
"Nam June Paik's tv-bildschirm-tannenbaum", murmelte ich ich, meine lage völlig vergessend, "ein gelungenes imitat, weit über das folkloristische zitat hinaus."
Wurde vom auge mit leiser stimme ermahnt, "etwas mehr ernst bitte", und weiter, auch wieder für beide ungeduldigen ankläger gut vernehmbar, "der zu verurteilende erhält jetzt gelegenheit, sich näher zu erklären."

Ich durchkramte mein gesammeltes wissen aus aller mir bekannten science-fiction für den richtigen dreh, die lage in den griff zu bekommen.
"Nur zu", ermunterte mich der Dschinn.

"Carpe diem", mit dem einzig mir bekannten brocken latein bedachte ich den zuhörenden Cäsar, "ich möchte niemand anwesendem etwas zu unrecht unterstellen. Nehme zuflucht in die welt der fabel. Der über allem recht stehende könig der tiere, die maßlose gefräßgkeit dieses patriarchen, hielt ihn nicht davon ab, Reineke Fuchs als vogelfrei zu ächten, da dieser frevler die henne Kratzfuß gewürgt haben soll, wo doch ein noch mächtigerer könig seinem volk versprochen hatte, *einmal in der woche ein huhn im topf*. Es gibt also mehrerlei recht. Mein vergehen, das private leben von allen äußeren, darauf einwirkenden mächten frei zu halten. Es heißt, nichts sei so gering, daß ihm der tag sein licht minder spendete, als denen nach macht strebenden. Nach dieser abschweifung, nun meine verteidigung.

Die desintegration eines unschuldigen wird unabänderliche folgen zeitigen. Sage zeitigen, wie das weise Auge des Ra weiß, eine handlung, nicht im einklang mit dem universalen zeitgefüge, zeitigt negative energetische schwingungen, die zu turbulenzen im makrokosmos führen, sich ausbreiten, unabsehbar auf die *prästabile harmonie* übergreifen, zu schwarzen löchern mutieren, die weite teile des universums unaufhaltsam verschlingen werden. Wer kann schon sicher sein, davon verschont zu bleiben?"

Die längste rede meines lebens. Stille.

Nach einer weile immer noch stille.

Cäsar wirkte in sich gekehrt, wohl noch mit den *iden des märz* beschäftigt, und dem Kappenmann war offensichtlich alles zu hoch, trat unruhig von einem fuss auf den anderen. Einige der mir schon bekannten kampfroboter verharrten untätig dort wo sie jeweils postiert waren.

Schließlich die stimme des Auges des Ra, "es wird etwas zeit benötigen, das von ihnen vorgebrachte genauestens zu überprüfen. Aber, angeklagter, treten sie doch für einen moment bitte etwas näher."

Ein ferner seufzender unterton schwang in der nun leiseren stimme, nur von mir zu hören, "bin mit gesetzesbüchern aus allen ecken des universums vertraut, verstehe immer noch zu wenig von der wirklichkeit dessen, worüber mir zu urteilen aufgetragen ist, soll dennoch immer das wohl des großen und ganzen im auge behalten, zu guter letzt meine

bekannte feder in der waagschale."
"Sie sprechen von der feder der Ma'at?"
"Richtig, das sagt ihnen also was."
"Möchte nicht meine, sagen wir mal seele, oder mein herz erst nach dem eintritt ins totenreich gewogen bekommen."
"Verstehe, wahrheit und ordnung steht den lebenden zu."

Cäsar, unberechenbarer alter gauner, war vorsichtig näher getreten, "ist die urteilsvollstreckung vorerst ausgesetzt?"
"So ist es, auch der urteilsspruch. Mein Cäsar, du wirst den angeklagten solange als gast bewirten."

Wir zogen uns zurück, von Cäsars persönlicher androiden begleiterin eskortiert. "Diese verdammte kappe", flüsterte er mir zu. Ich blickte zurück zum Kappenmann. Dieser verharrte bewegungslos in seiner nische, immer noch den taucherhelm unterm arm. "Das gilt auch für sie, monsieur *Kappa*, überdenken sie die risiken ihrer erfindungen", so die stimme aus der blinkenden tv-tannenbaumpyramide.

Cäsar auf dem weg in seine bibliothek, "dieser kappenkerl, aus dem nirgendwo hier aufgetaucht, macht alle verrückt, ein fliegender händler, schwatzt *Ihr* alles denkbare auf, auch der *desintegrator* ist seine konstruktion, sie wären der erste probant gewesen."
"Werde den prozess nicht weiter abwarten."
"Nicht so voreilig. Als erfinder gleicht er einem quacksalber, ängste schüren, dann das heilmittel aus dem hut zaubern."
"Sie beide waren drauf und dran, mich in teilchen aufgelöst in die unsichtbarkeit des mikrokosmos zu verbannen, werde es nicht auf die probe ankommen lassen."
"Spiele einfach auf meine weise mit, desto schneller ist der spuk vorbei." Cäsar hatte alle talente eines pokerspielers, ein bluff löst den nächsten ab.
"Einzig die *Themis* hat die exekution aufgehalten. Ehe ich zum Brutus werde, ziehe es vor, das urteil in abwesenheit abzuwarten."
Sein blick entgleiste, stand sprachlos da, als der Dschinn keine sekunde zögerte, meinem wunsch zu entsprechen.

desaster auf der Venus

Nach gut vier monaten eintöniger reise des raumkreuzers »Star Spangled«, über dessen mission die weltöffentlichkeit im unklaren gehalten wurde, erfolgte die Landung auf dem nachbarplaneten Venus.

Das zivile forschungsteam dem militärischen kommando zu unterstellen war fragwürdig, es hieß, dies geschehe nur zu deren schutz, und das habe vorrang. Im verlauf der mission entfaltete die logik des militärs eine ihr eigene dynamik, beraubte die wissenschaftler, wie befürchtet, jeder chance eines, den realitäten angemessenen beitrags. Das scheitern des militärischen einsatzes und sinnlose eskalation, ließ als einzigen ausweg nur noch den rückflug zu Erde.

Zu keinem zeitpunkt der ereignisse hatte das militär in seinen entscheidungen die kompetenzen der wissenschaftler mit einbezogen. Dies dokumentiert der bericht eines aus verständlichen gründen anonym bleibenden augenzeugen, der von ihm selbst unmittelbar nach abbruch der mission, heimlich zur Erde übermittelt wurde.

Der genannte bericht im wortlaut:

Ich verfasse dies, während seitens des Kommandanten der »Star Spangled« die Legende eines "heldenhaften Einsatzes der Marines" und "erfolgreicher Abwehr extraterrestrischer Aggression" verbreitet wurde. Tatsächlich war von den auf der Venus angetroffenen Fremden nicht einmal ansatzweise eine Bedrohung ausgegangen.

Als unmittelbarer Augenzeuge sehe ich mich verpflichtet, diesen Bericht rechtzeitig und notwendigerweise anonym den offiziellen Verlautbarungen vorauszuschicken.

Wir waren in der Nähe des zur Untersuchung vorgesehenen Bereichs der Venus gelandet. Der Kommandant entschied, zur Aufklärung und Sondierung der Lage, einen bewaffneten Stoßtrupp vorauszuschicken. Ein Dutzend kampferprobter Soldaten und Soldatinnen der Marines wurde dem Befehl eines jungen tatendurstigen Offiziers unterstellt, bekannt für zielführendes Handeln. Erst nach eindringlichem Protest seitens des wissenschaftlichen Teams wurde widerwillig die Teilnahme einer Linguistin, eines Ethnologen und Soziologen gewährt.

Wichtig an dieser Stelle die nochmalige Erinnerung an die von den wissenschaftlichen Fakultäten zuvor erarbeitete, rein zivile, bedachtsame erste Kontaktaufnahme mit Aliens. Nunmehr anders entschieden, für die erste Begegnung der Menschheit mit außersolaren Lebensformen verstand sich das Militär eindeutig besser ausgerüstet.

Nach dem Aufbruch vom frei liegenden felsigen Landeplatz der »Star Spangled«, lange Zeit nur unwegsames Gelände, dicht und üppig wuchernder Pflanzenbewuchs, entdeckten wir nach einigen Stunden eine verlassene Lagerstelle, leere Flaschen, Konservendosen mit Etiketten, wie *Baked Beans*, Nudel- und Gemüsesuppen.

Dann endlich, auf einer großen Lichtung überraschten wir sie. Partystimmung, Gitarrenspiel, Gesang, unserer Country Music ähnlich. Uns wurde freundlich zugewunken, als wären wir gleich ihnen Abenteuerurlauber. Auf der Venus gelten einheimische höhere Lebensformen als ausgeschlossen. So also doch Aliens, als intergalaktische Touristen, mal eben so, auf der Venus zum Picknick am Lagerfeuer?

Dem leitenden Offizier der Marines schien es absolut dreist, dass Aliens sich derart selbstverständlich hier vergnügten, so ganz ohne vorher die benachbarte Erde eines Besuchs zum Beweis friedlicher Absichten für würdig gehalten zu haben.

Seine erste Parole, "Vorsicht und keine Verbrüderung."

Dessen ungeachtet, ging die Linguistin einem jungen Mann entgegen, auf seinem T-shirt prangte regenbogenfarben, *pangalactic-pb-travels*, sie reichte ihm die Hand, "you're welcome", antwortete er und hielt ihr seine Weinflasche hin. Die Doktorin zögerte nicht, erst einen vorsichtigen, dann doch sogleich einen beherzten Schluck zu nehmen.

"Guter Jahrgang", bestätigte sie freudig anerkennend. Ihre

beiden wissenschaftlichen Kollegen zeigten sich formloser Begrüßung ebenfalls nicht abgeneigt, und so schienen sich Aliens und zivile Erdenmenschen in dieser geselligen Runde auf das Angenehmste näher zu kommen.

Das eklatante Zuwiderhandeln der Zivilen gegen die Order des Offiziers verunsicherte die am Rand der Lichtung ratlos verharrenden Soldaten. Ohne weitere Befehle drohten ihre freien Gedanken den Ernst ihrer Mission zu unterlaufen. Sie blickten erwartungsvoll zu ihrem Anführer. Dem erschien das Ganze als explizit würdeloser Moment des Erstkontaktes der Menschheit mit Lebewesen aus den tiefen des Alls.

"Marines, wie ihr seht, diese vagabundierenden Individuen haben unsere Anerkennung als Partner dieses historischen Augenblicks scheinbar wenig verdient. Die uns begleitenden Wissenschaftler sind nicht nur, was zu erwarten war, eine Enttäuschung, sie verschlimmern auch noch die Situation. Bleiben wir also entschlossen wehrhaft."
Doch die Entschlusskraft des Offiziers hakte, versuchte sein Bestes, die geeignete Vorschrift aus seinem Gedächtnis zu zaubern, wie verdammt nochmal nun vorzugehen sei. Und so brütete die Mischung aus Entspanntheit und Nervosität in den Köpfen seiner Marines, verführte die ersten, sich ihrer Helme zu erleichtern.
"Habe ich was von rühren gesagt?" Dem Offizier war klar, er musste handeln.
Ein Kollege von Dr. Hide, der Linguistin, saß jetzt neben der Sängerin, die *take me home, country roads* anstimmte, und der Soziologe hatte sich zur Begleitung eine der Gitarren ausgeliehen.
Dann aber, aus heiterem Himmel, feuerte der Offizier mit ausgestrecktem Arm aus seiner Pistole hoch in die Luft. In der augenblicklich eingetretenen Mäuschenstille konnte er Aller Aufmerksamkeit gewiss sein. Er gedachte nun, einige wohlüberlegte, einstudierte Worte loszuwerden. Er trat in gestraffter Haltung einige Schritte vor, blieb dann auf halber Strecke zwischen Marines und Party stehen, "wir kommen in Frieden und erwarten das gleiche auch Eurerseits."

Er blickte dabei erwartungsvoll in die Runde, dass sich nun endlich ein Sprecher der Aliens zeigte. "Das ist doch prima, you're welcome", rief die Sängerin erfreut, was leider auf der anderen Seite ohne Resonanz blieb.
Ein junger Mann, verlegen, "wenn's Ihnen also partout nicht behagt, Sie auf andere Abenteuer aus sind, wir halten sie nicht auf, vielleicht ein andermal?"
Der Offizier war überfordert, hatte keine Antwort parat.
Der Soziologe ahnte das, legte die Gitarre beiseite, doch sein Versuch, beschwichtigend auf ihn zuzugehen, wurde sogleich ausgebremst, der Offizier feuerte einen zweiten Warnschuss in die Luft, "Sie haben gehört, noch steht mein Angebot auf gegenseitige Wertschätzung."
Angesichts jener ungehörigen Sängerin, der ganzen Bagage und den drei wissenschaftlichen Überläufern, schmolz ihm jegliche Aussicht dahin, einen ranggleichen Gegner zum Zweck friedlicher Verhandlungen auszumachen.
"Nehmen Sie zur Kenntnis, wir sind hier Hausherren, Sie sollten uns deshalb besser in der angemessen respektablen Form willkommen heißen."
"Willkommen", riefen nun viele im Chor, manche hoben die Flaschen, die Gitarren spielten so was wie einen Tusch. Ein etwas älterer Alien trat nun mutig vor, reichte dem Offizier die Hand, die ausgeschlagen wurde, und sagte, "wenn sie eine Jagdgesellschaft sind, oder gar auf einem Kriegspfad, dann ziehen Sie bitte weiter, wir wünschen Ihnen viel Erfolg und Glück für ihre Mission."
Das war die Höhe der Unverfrorenheit, die Ungeduld ergriff nun auch einige der Marines. Einer fluchte leise, "die sind wohl noch nie richtig gefickt worden!" Die neben ihm stehende Soldatin gab ihm mit dem Gewehrkolben einen heftigen Stoß in die erregte Stelle.
Ein anderer Marine, mit Blick zum Offizier, "Sir, festnehmen, Sir, wegen Vagabundierens auf der Venus?"
Der zuletzt vorgetretene Alte wartete immer noch auf eine Antwort, "wenn Sie bei uns bleiben wollen, legen Sie doch bitte ihre Waffen ab, an Ort und Stelle, dort wo Sie sind."
Der Soziologe und der Ethnologe traten neben den Älteren,

wollten den Offizier zum Zuhören bewegen, doch der wies sie brüsk zurück, "Zivilisten haben sich da rauszuhalten. Holen sie besser auch ihre Kollegin hierher zurück."

In der eingetretenen Stille war das Entsichern der ein oder anderen Waffe zu hören. Dem folgte augenblicklich eine aber völlig anders geartete Konfusion. In den Händen der Soldaten verformten sich die Waffen wie weiches Wachs. Die Pistole des Offiziers wandelte sich in seiner immer noch erhobenen Hand, gleich einem noch ungeformten Brotteig.

Ratlose Panik bemächtigte sich der Stimme des Offiziers, "sammeln! Sofort sammeln! Und geordneter Rückzug!"
Den drei Wissenschaftlern blieb nichts anders übrig, nach verlegen herzlicher Verabschiedung dem Abmarsch der Truppe zu folgen.

Auf irgendeine Weise, wie soll ich's anders formulieren, sind diese Fremden uns waffentechnisch weit voraus, zumindest perfekt im Entwaffnen. An einem der folgenden Tage plante der athletisch gebaute, sich immer noch gedemütigt fühlende Offizier einen letzten Verständigungsversuch.
Diesmal unbewaffnet, als Zeichen guten Willens, die Aliens für ein sportliches Kräftemessen zu gewinnen, ihnen dazu die Regeln des Faustzweikampfes zu erklären.
"Sie tanzen doch gerne", vermerkte er und dachte daran, den am kräftigsten erscheinenden jungen Mann, zu einem Boxkampf herauszufordern.
So kam es dann. Die Arme angewinkelt, von einem Fuß auf den anderen tanzten sie vor, zurück und umeinander, doch als der Soldat mit einer Linken täuschen wollte, fiel ihm der Arm schlaff zur Seite. Er gedachte wohl, mit einem rechten Haken gezielt nachzusetzen, leider erlahmte auch dem der Schwung. Sein Gegner ahmte diese Bewegungen nach, befand das nach einiger Zeit ersichtlich als ein ziemlich langweiliges Tanzritual und entfernte sich wortlos.
Was emittiert diese Kräfte, sind es mentale Fähigkeiten, oder installieren diese Leute eine Art physikalischen Schirm zur Vereitelung von Aggressionen und dem unbrauchbar machen von Waffen?

Dem militärischen Kommando der »Star Spangled« war klar, das wäre der Untergang jeglicher Zivilisation. Einer schlug vor, es mit einem Fußballturnier gegen eine Auswahl der Fremden zu versuchen. Der Ethnologe redete ihm das sogleich aus, "was denken sie, ausgerechnet Fußball? In keiner anderen Zivilisation außer unserer Neuzeitlichen, hat unter der Vielzahl an Ballspielen das Treten in dermaßen rüder Form jemals Einzug gefunden."
Der Soziologe ergänzte, "treten sowie marschieren dürfte diesen Fremden suspekt erscheinen. Nach unten treten, nach oben gehorchen, so kam das Treten des Balls für die Masse der Zuschauer als Katalysator fürs Abreagieren ins Spiel."
Als traurige Höhepunkte folgten enthemmte Versuche, mit atomaren Mörsergranaten *denen eine Lehre zu erteilen.*"
Die Eskalation dieses Erstkontaktes steigerte sich bis zum Einsatz von Marschflugraketen. Sie erreichten wohl nie ihr Ziel und gingen als Blindgänger verloren.
Im Verlauf unserer langen Rückreise zur Erde, wie gesagt, begann der Kommandant die Parole einer erfolgreichen Vereitelung einer Invasion der Erde auszugeben. Mein Bericht bezeugt einen anderen Blick auf die Ereignisse, und ich baue auf den Mut der Wissenschaftler, die Angelegenheit nach Rückkehr zur Erde einer Untersuchung zuzuführen. Die Menschheit hat für ihr Überleben das Recht darauf, den hausgemachten Gefahren endlich Herr zu werden. Diese aus den Tiefen des Alls angereisten Touristen hatten sicherlich allzu gute Gründe, unserer Erde keinen Höflichkeitsbesuch abzustatten.
Gezeichnet: *anonymus.*

Die bemühungen der NSA diesen bericht zu konterkarieren halfen zwar nicht die verbreitung zu unterbinden, führten dennoch zu unterschiedlichen parteinahmen, in deren folge die propagandistische absicht, das nachdenken über dieses geschehen auf der Venus zu vernebeln, ihre wirkung nicht verfehlte.

winterabend im *Divin' Duck* part I

In den abendlichen straßen der stadt trieb der wind dicht fallenden schnee vor sich her, verteilte ihn ungleich, ganz nach eigenem ermessen. Längs der straßenfront des *Divin' Duck* zog er eine dünung, einen weißen wellenkamm vor den fenstern hoch, und der eingang musste mit viel mühe immer wieder freigeschaufelt werden.
Desto wohliger und entspannter war's den gästen drinnen. Den nachstellungen dieses unbändigen wetters entronnen zu sein, das förderte die geselligkeit, so ganz im sinn John Barleycorns, freude schöner geistesfunke.

An der bartheke, die uns nicht mehr unbekannte stimme eines älteren stammgastes, wieder einmal erhob sie sich über das grundrauschen anderer gespräche.
"Der belagerungszustand durch die armeen des winterlichen regimes hat doch auch sein gutes."
Zweiter gast, "ganz neue töne, unser friedensverfechter ist heute nachsichtig, mit einem anflug von romantik."
Der alte, "die kräfte der natur mobilisieren sich niemals mit kriegsabsichten."
Dritter gast, "der mensch hat aber einen göttlichen auftrag, *füllet die erde und macht sie euch untertan*."
Jemand, vom rand der theke rief dazwischen, "amen."
Zweiter gast, "zum wohl, ein volles glas, das hat doch was, zu hoch gegriffen findet sich kein glück."
Einer, der vor lauter nachlaufender gedankenschwere sehr selten zu wort kam, "so sprach einst ein hochmütiger tyrann zu seinem königlichen gast, *das alles ist mir untertan, gestehe dass ich glücklich bin*."
Eine augenblickliche stille des nachdenkens vibrierte in den köpfen, allen war der gesprächsfaden entglitten. Nicht allen.
Der alte, "mit zuwachs an macht nimmt vernunft ab. Wer will sich da von höherer macht berufen fühlen? Er ist und bleibt der natur abtrünnig, das ist seine ganze malaise."

Zweiter gast,"deshalb haben wir die zivilisation geschaffen, so ganz aus eigenen stücken, ist das nichts?"
Der alte, "wie großartig, krieg und frieden, der menschliche währungskreislauf, die sehnsucht nach frieden entspringt leider oft nur aus einem mentalen zustand der erschöpfung im wechselseitigen massakrieren."
"Oder weil uns der durst überwältigt", so der zweite gast, der das glück im naheliegenden sah, und schon war der barkeeper zu stelle, tauschte dessen leeres glas mit einem frisch gezapften dunklem aus, stieß mit seinem eigenen glas an, "da hast du recht, alles wird gut mein freund."

Der alte, unbeirrbar, sein mahnen zur vernunft, zum zweiten gast, "diese zivilisation baut darauf, es gäbe ein grundrecht auf profit, und genau das ist der zündstoff für kriege." Schon ersetzte der barkeeper auch dessen leeres glas, "verspreche dir, mit meinem profit lässt sich nicht zündeln."
Aber niemand wollte im moment weiter zuhören. Der schwere, vor der eingangstür innen im halbkreis gehängte vorhang bewegte sich, und mit dem kurzzeitigen öffnen, gleich einer kalten dusche, strömte klare aber auch eisige luft herein. Wer immer der späte gast war, ich saß zu weit entfernt etwas mitzubekommen, aber zwischen den beinen des eintretenden, hatte sich eine möwe hereingestohlen. Mit wenigen flügelschlägen landete sie auf dem bartresen. Kellner und barkeeper versuchten sie zu verscheuchen, doch die gäste waren anderer meinung.
Ungehindert stolzierte der seevogel auf der theke, tanzte graziös, mit eleganten drehungen, seelenruhig zwischen gläsern herum, in gewisser weise zielstrebig, denn als sie schließlich bei mir ankam blieb sie stehen, pickte hörbar mit dem schnabel gegen mein glas Scotch. Der barmann war sogleich zur stelle.
"Ja hast du töne? Dieses verrückte miststück."
Der mann neben mir, strafend blickte er den übereifrigen kellner an, "klingt doch eindeutig. Glaubst du denn der vogel fragt erst nach der getränkekarte?"
"Jedenfalls schreibe ich ihr keinen deckel."

Ein anderer, in der nähe, "damit sie zahlen kann, lass uns alle sammeln."
"Abwarten", wand ich ein, "lassen wir sie doch sie erst zur ruhe kommen. Dass sie einen drink braucht hat sie mir ja schon zugetickert, geht auf meine rechnung."
Dem barkeeper blieb zwar klärungsbedarf, aber fürs erste immerhin eine bestellung, "selbstverständlich, sie sind mein gast und wie's aussieht, die Möwe ist der ihrige. Was darf ich also notieren?"
Bringen sie zwei Scotch, für mich wie gehabt, das andere glas reichlich mit wasser aufgefüllt."

Als die möwe einen langen hals machte, aus ihrem glas nippte, jedesmal gurgelte bevor sie schluckte, war ihr der applaus von allen seiten sicher.
"Sie hat's ganz schön hinter den ohren."
"Warum verkleiden wir sie nicht als ente, ein passendes maskottchen für unsere stammkneipe."
"Deren hohen stelzen in patschfüsschen, da müssten wir ihr schon puschen überziehen."

Der wechselwenderische vorwitz der gäste sprang schnell wieder von diesem zu jenem, stolperte nun zu der frage, ob *grüne männchen* nicht doch auf die herkunft vom *Mars* schließen ließen. Gerüchte über vorgänge auf der Venus, inzwischen stoff aller denkbaren verschwörungstheorien, und war der Mars nicht nicht auch gleich nebenan?
"Aber die erde zwischen beiden. Der kriegsgott müsste erst einmal an uns vorbei, wollte er der Venus an die wäsche."
Diese stimme aus dem mittlerweile dichten gedränge hinter den thekendiskutanten konnte der vertiefenden diskussion über *grüne männchen* nicht den ernst nehmen, aber auch die entzog sich meiner aufmerksamkeit, reduzierte sich auf das studium des vokabulars gestischer kommunikation.
Auch die möwe war nicht mehr so aufgekratzt, im gegenteil, war dabei, jeden moment ins reich der träume einzutreten.

Eine andere überraschung sollte auf mich warten.

es kommt noch besser, bald geht die sache weiter

zukunft ist jetzt ...

Eine flut neuer episoden der *grinder manuskripte* auf dem schreibtisch des verlegers, und wer weiß schon, wie viele dort verloren gingen, arglistig von hungrigen kosmischen strudeln goutiert. Jedenfalls hatte das den Brunnenfrosch bewogen, mit der veröffentlichung eines vierten bandes zu beginnen, was verwunderung hervorrief, "aber damit stoppe ich den kladderadatsch, eine zäsur, ehe das ganze zu einem romanwerk epischer breite von zighundert seiten ausufert. Ein zu dicker happen dramatischer ereignislosigkeit."
Der autor hatte mühe seine heruntergefallenen kinnladen wieder zu schließen, fasste sich und schwieg.
"Sankt Nimmerlein scheint mir einem erzähler nicht die geeignete patronage zu sein, einem werk die krone eines gelungenen schlussaktes aufzusetzen."
"Eine solche krönung fällt aus", empörte sich der autor, "liebe das ungereimte nebeneinander der dinge, da gibt es nichts sinngebend und bedeutungsvoll zu entknoten. Das hieße eher der versuch, die realität zu verknoten."
Der Brunnenfrosch spöttisch, "da hast du recht, wo der sinn fehlt gibt es nichts aufzudröseln. Also der vierte band."
"Nehme dich beim wort. Die freie entfaltung der akteure ist mir ein gewinn. Bin kein heerführer, der zu eigenem ruhm seine fußtruppen in ein dramatisches finale treibt. Der vierte band ist so gut wie der erste."

Alle blickten zum Brunnenfrosch. Hatte er seinen protegé nur provozieren wollen? Wie dem auch sei, irgendwo regt sich immer widerspruch, manches haar in der suppe stammt von dem, der sie gerade löffelt.
Was können akteure einer prosa schon dagegen ausrichten, wenn der rahmen zur entfaltung ihres selbst allzu eng gefasst ist? Der Kappenmann und Cäsar waren bezüglich dieses vorbehaltes nicht gerade bescheiden.
Cäsar, "leistungen großer persönlichkeiten, die diese zu dem gemacht haben, einfach so unter den tisch gekehrt, dem

leser vorzuenthalten, das ist keine feine art."
"Große taten pflastern seinen weg", so ein namentlich nicht bekannter thekengast des *Divin' Duck*.
Ausgerechnet Cäsar, überlegte der autor, was der auf dem buckel hat weiß doch jedes kind. Eitelkeit, gepaart mit gewinnsucht, lässt sich niemals stillen, "aber wollten einige von euch ins charakterfach wechseln, durchgeschüttelt und gebeutelt von dramatischen schicksalswendungen, in einer alchemistischen scheidung von gut und böse, nur um in einem epos über *Krieg und Frieden* in tausenden seiten druckerschwärze ertränkt zu werden?"
Kleiner Tellerrand verfolgte das ganze, auf der kante seines galaktisch kosmischen schreibtisches sitzend, als wär's der brunnenrand, "so ist es", und beschloss ein letztes wort zu setzen, "solcher art verwicklungen der handlung, versuch der scheidung von gut und böse, eine richtige seite der geschichte propagieren ist immer verdächtig. Widerspricht dem mäßigenden geist meines alten mentors Chuang-tzu. Furcht und schrecken bessern niemanden."
"Wu-wei", erklang das votum des Sh'rat, den anwesenden wär's gern das wirklich letzte wort gewesen.
Doch pustekuchen, letzte nachzüglergedanken des autors wollten keine ruhe geben, "schreiben bleibt eine expedition, keine kartografierte route, keine schilder und anvisiertes ziel, herausforderung für uns alle."
"Verstehe, ich bin der, der vorausgeschickt wird", dachte Argo, für einen moment in seinem sessel wach geworden, sich aber raushielt, mit einem "mmmhh" wieder eindöste.

Eine andere durchdringende stimme verschaffte sich statt dessen gehör, machte sich luft, "dieser expedition fehlt der pioniergeist des tatkräftigen unternehmers."
Aller blicke waren Mr. Peekaboo sicher, der erfolgsverwöhnte reiseveranstalter vom planeten *Rho*, wohl auch enttäuscht, der leserschaft bislang nicht ansatzweise vorgestellt worden zu sein, war damit noch nicht fertig, "ein gewinner ist sich seines sieges gewiss. Er braucht die kulisse, braucht die verlierer, die er hinter sich lassen kann, sie dienen als notwendiger katalysator seines erfolges."

"Amen", notorische einlassung eines thekengastes aus dem *Divin' Duck*. Solches war Mr. Peekaboo keinerlei beachtung wert, und so beschloss der finanzmogul seine rede, "tatkraft und selbstgewissheit versetzt berge."
"Und der berg gebiert eine maus."
Der unternehmer unbeirrt lächelnd, das letzte wort ließ er sich nicht nehmen, "meine devise, die zukunft beim schopf fassen", er hob sein glas selterswasser, diese geste kam allen zupass, geistige getränke warteten schon längst zu ihrem recht zu kommen, also wurde nun erst einmal ausgiebig einander zugeprostet. Keine chance für niemand, sich erneut gehör zu verschaffen.
Uncle Jules stand neben Mr. Peekaboo, wie's aussah, sie schienen sich recht gut zu kennen. Auch Argo wurde etwas reger, Lucy Haven hatte ihm einen Bourbon auf eis in die hand gedrückt, "auf unsere reisebank", und ging wieder zu den anderen.
Dem vorlauten thekengast wurde in der fröhlich feuchten runde recht behaglich, "niederkunft, abkunft, unvernunft, doch die zukunft braucht visionen", warf er in die runde.
Der finanzmogul konnte diesmal nur zustimmen.
Ein parkwächter, "zukunft ist doch nur ein déjà vu."

Argo, blieb unbeteiligt, war schon wieder in einem sessel am dösen, der Sh'rat täte es am liebsten ihm gleich, statt dessen stand er in ausgelassenem kreis mit Lucy Haven, dem ghost-narrator, einer androidin, Lavie Duport, und aus dem vorzimmer gesellte sich Effie Périnée hinzu.
Zur überraschung der umstehenden, die beredsamkeit des Sh'rat, nun zum parkwächter, "zukunft ist jetzt, gestern und morgen sind vergangenheit, wu-wei."
Mr. Peekaboo war hinzugetreten, er nickte ihm anerkennend zu, "der bursche hat wenigstens zugehört", dachte er sich im stillen, und klopfte ihm auf die schulter.
Schließlich meldete sich unser missratener argonaut aus seinem schlummer zurück, "ist die bar noch geöffnet?"
Lucy, schon wieder zur stelle, umsichtig und praktisch, in den händen zwei espresso coretto mit doppeltem Veccio Romagna Nera.

winterabend im Divin' Duck part II
im weiteren vom ghost-narrator erzählt

An jenem winterabend begann sich die aufmerksamkeit der thekengäste des *Divin' Duck* von der whiskey nippenden möwe so langsam anderem zuzuwenden, war doch mit ihr zusammen ein fremder gast eingetreten, der, nachdem er den schnee von seinem dunklen wintermantel abgeklopft hatte, es sich in einer der separierten sitznischen bequem machte, hut und mantel ablegte, die handschuhe auszog, und manch einem fiel auf, wenn auch nur mit verstohlenem blick, doch der grünliche teint von gesicht und händen war unübersehbar.

In freundlich respektvoller verbindlichkeit erkundigte sich einer der kellner nach den wünschen des fremden.

"Zum aufwärmen bitte einen grog."

"Und im weiteren, sonst noch ein wunsch?"

"Sehr gerne, erst einmal den grog, danach erkundigen sie sich bitte diskret nach einem gast, nennt sich Argo, dürfte anwesend sein. Fragen sie ihn was er trinken möchte, desgleichen dann auch für mich, und laden sie ihn bitte ein, mir an diesem tisch gesellschaft zu leisten."

Der grog wurde wie gewünscht serviert.

An der theke war die möwe neben ihrem glas whiskey eingenickt. Der kellner erkundigte sich hier und da nach herrn Argo. Dieser, nickte reflexartig, auf sein leeres glas und auf die möwe blickend, "schon gut, bitte noch einen doppelten, der möwe aber soll's genug gewesen sein."

"Gerne, ein moment nur, wenn sie dann gleich mitkommen, der wird ihnen spendiert", er bestückte sein tablett und auf sein zeichen folgte ihm Argo wortlos, mit fragendem blick. An dem betreffenden separée angekommen, ja durfte er seinen augen trauen, wie sollte das möglich sein? Saß da seelenruhig sein freund Jules von der *Bospurus*, der sich nun erhob, keine täuschung, ohne zweifel, die umarmung beider war real.

Die ihren rausch ausschlafende möwe wurde von einem gast in einem, mit servietten ausgepolsterten brotkörbchen nachgetragen und in einer ecke der sitzbank geparkt, wo sie ungestört ihren rausch ausschlafen konnte.
Argo dachte an seine überstürzte flucht von der *Bosporus* und all die ihm anhängenden ungewissheiten. Jules bremste seine fragerei, "und dass ich heute überhaupt hier sein kann, die geschichte spare ich mir besser für später."
"Ja aber?"
"Nur geduld." Argo erfuhr dem leser schon bekanntes, die beiden androiden centurio auf der suche nach Argoniern, "doch wo waren wir beide damals stehen geblieben?" Jules begann den gesprächsfäden bezüglich der Dschinn wieder aufzunehmen.
"Du gabst dir wirklich alle mühe", bekannte Argo, "dauerte noch eine weile, bis ich endlich begriff", hob sein glas, "auf den Dschinn. Wenn er nicht selbst die intiative ergriffen hätte, das überbordende regelwerk meiner navigation, mit einem mal, wie ein spuk verflogen."
So manche gäste, spitzohrig bemüht, aufzuschnappen, was da wohl in dieser sitznische besprochen wurde, die mageren auskünfte des barkeepers halfen nicht viel nicht weiter.
Sollte der Argo genannte, ihnen ja ein vertrauter gast, nun auch ein außerirdischer sein? Und war diese völlig aus der art geratene möwe nicht mit dem *marsianer* zusammen eingetreten?
Welche lust, kitzel uneingestandener ängste, mit gerüchten gewürzt, ein hefeteig des unwissens aus dem meinungen geknetet werden. Der *ausgang des menschen aus seiner selbst verschuldeten unmündigkeit*, viel zu unbequem. Der philosoph aus Königsberg war zeitlebens nie über die nahe umgebung seiner stadt hinaus gekommen und dennoch ein unfassbar universaler geist.
So heftete sich an diesem winterabend, das immer auf der lauer liegende mißtrauen, besonders auf den *grünen* an jenem tisch. Was lieben sie doch alle das unheimliche, verschworene kräfte verborgener wahrheiten hinter einem oft eintönigen alltag.

Gast 1, "jetzt sind sie wohl doch schon auf der Erde unter uns, diese vagabunden aus dem all."

Gast 2, "warum glaubten die *marines* nun sogar auch auf der Venus als hausherren auftreten zu dürfen?"

Gast 1, "Venus oder Mars, diesem außerirdischen gesindel muss rechtzeitig in seine grenzen verwiesen werden."

Gast 3, "das musste ja mal so kommen, aliens, auch noch mit überlegener technologie."

Ein älterer gast, "die *marines* hätten sich viel schlimmer reinreiten können, zu ihrem ungeahnten glück hatten sie nicht mit kampfeslüsternen monstern aus dem all zu tun."

Gast 1, "wird sich noch zeigen, technisch überlegen ja, aber feige, keine ehre, keine hohen ziele."

Der alte, "wenn du ehr- und vaterlandslose gesellen meinst, die haben den *marines* die harke gezeigt. Vertrauen und toleranz lassen sich auf dauer nicht von hochmut und dem kreuzzug für deren wahren werte aus der welt schaffen."

Gast 3, "ein offizier der »star spangled« soll versucht haben, aus dem haufen der herumlungernden aliens einen jungen burschen zu einen fairen kampf herauszufordern, mann gegen mann, die regeln erklärt, aber der soll nur gelangweilt erwidert haben, *danke für die aufmerksamkeit*."

Gast 2, "mir sehr sympathisch."

Der alte, "auf die besonnenheit und unser aller wohl", hob augenzwinkernd gut gelaunt sein glas.

Gast 1, despektierlich, "wenn ich dich so betrachte, wärst ja selbst für die heimatfront untauglich."

Der alte, "ich glücklicher, jede front ist eine zu viel."

Der barkeeper mischte sich ein, "er hat recht meine herren, so schnell zieht mir keiner in eine kindische klopperei, begierig einer fahne zu folgen, hat sie auch noch so viele sterne. Überlasst das marschieren denen, die fuß über kopf darauf reinfallen. Den missstand leerer gläser zu beheben, scheint mir viel dringlicher, bei diesem wenig einladenden wetter draußen."

Schiedsspruch des unparteiischen, keine weiteren einwände mehr, die gemüter besänftigten sich, und ja, vor der tür trieb ein grimmiger wind den schnee vor sich her.

bahnbrechende erfindungen

Bei aller präsenz, die Mr. Peekaboos persönlichem auftreten zu eigen ist, der trilliardär und finanzmogul stand bislang im hintergrund des geschehens. Leistung zu würdigen ist des ist des autors anliegen nicht. Doch im fall des Mr. Peekaboo, da verzweigt sich dessen wirken gleich einem unsichtbaren wurzelwerk bis weit in den alltag unserer protagonisten.
Die visionen seiner unternehmerischen aktivitäten waren an kühnheit kaum zu überbieten.
"Was dem künstler inspiration, das undenkbare am schopf zu fassen, ist mir die unerschöpfliche energie florierender geschäfte, das grundlegende einmal eins allen erfolgs", und zuvor war der leser ja schon zeuge einer klarstellung, hier mit anderen worten, ein gewinner brauche verlierer, wie der fisch das wasser, was dem autor einiges zu knabbern gab. Doch gemäß solcher zielorientierten maximen, gelang es dem trilliardär mit seinen »pangalactic-pb-travels«, den touristischen kosmos weit über das heimatliche *Omega24* system zu erweitern.
Zu seinem imperium gehörte eine eigene schiffswerft, auf dem kaum besiedelten kleinen planeten *Pi* angesiedelt, in unmittelbarer nachbarschaft seines herkunftsplaneten *Rho,* Er investierte intensiv in wissenschaftliche forschung, und seine astroingenieure haben es mit sogenannter *sideralen technologie* ermöglicht, die geschwindigkeit des lichts zu übertölpeln, somit reisezeiten akzeptabel, insbesondere für touristische unternehmungen praktikabel zu verkürzen.

Eine weitere notwendige vorausetzung sicherer landgänge, wurde die realisierung der *teleportation*, das geniale werk seines wissenschaftlichen mitarbeiterstabes auf *Pi,* unter leitung der quantenmechanikerin Dr. Dolores Pasta, einer frühlingstraumfrau, die sich aus einem gemälde Botticellis in unsere erzählung abgesetzt zu haben scheint, unberührbar, doch faustdick hinter den ohren. Alle wissenschaftlichen kollegen fügen sich ihrem regime, zahm und bar jeglichen neides, ihr völlig ergeben.

Zum schutz der ausflüge auf unbekanntem terrain erfand Dolores Pasta einen praktischen *adrenalinscanner*, in einheit mit einer vorrichtung, die ohne vorwarnung, ähnlich der im brandfall selbstauslösenden sprinkleranlage, sofort einen unsichtbaren energetischen schutzschirm aufbaut, den sie *softening agent* taufte. Eine umstrittene namensgebung, kollegen warfen ihr mangelnde sensibilität vor, angesichts historischer erblast menschlicher kriegsverbrechen.
"Meine erfindung dient dem frieden, basta."
Frau Pasta hatte meist das letzte wort.
Dank all dieser erfindungen, konnte Mr. Peekaboo erstmals daran denken, interstellare touristikreisen zu realisieren.
Softening agent gewährte schutz, unerwünschte konflikte mit feindselig gesonnenen aliens auszuschließen. Kosten für den begleitschutz entfielen, keine schwer bewaffneten söldner, für zivilisten immer ein unbehaglicher anblick.
Im etat des trilliardärs sanken die ausgaben für militärisch gerüstetes sicherheitspersonal fast gegen null, und für die eigene person hatte er solches nie für nötig erachtet.

Der autor ist sich bewusst, dass er mit diesen erläuterungen die plausibiltät seines erzählens nicht bessert. Auch liegt es nicht in seiner absicht, einen bogen zu weltansichten seiner gegenwart zu spannen, geronnene meinungen, die sich wie in einem schweinekoben suhlen, statt fragen zu stellen, sie mit verstehen und vernunft abzuwägen, ein gegegewicht zu der grassierenden sehnsucht nach zerstörung.

Nachzutragen, Dolores Pasta war zu ihrer studienzeit eine radikale feministische aktivistin. Bald danach reüssierte sie erfolgreich in Mr. Peekaboo's imperium und verliebte sich in die ebenfalls bei ihm angestellte Lavie Duport. Trotz ihrer jungen jahre galt ihre wissenschaftliche autorität wie in stein gemeißelt, ein in künftige äonen enthobenes denkmal revolutionärer wissenschaften. Ihr privatleben, sollte aber vor voyeuristischen neigungen geschützt bleiben, die topsy-turvy welt der *midsummer night dreams* wäre für den autor eine abteilung der poesie, zu der ihm die leidenschaften und fantasien zu dieser art turbulenzen der gefühle fehlt.

winterabend im *Divin' Duck* part III

Andeutungen gab es für Argo schon auf der *Bosporus,* wenn Jules frühere zeiten als reiseschriftsteller flüchtig erwähnte, wohl mehr resümierend, "ständige perspektivwechsel, und kein gewinn ohne verlust", doch kaum einzelheiten aus dem täglich brot schriftstellerischer lohnarbeit. So schien es nun mal beider art, die sozialen bindungen des alltags galten ihnen eine unbedeutende folie ihrer neigung philosophischer exkursionen.

Auf den besiedelten planeten des *Omega24* systems hatten Jules reiseessays, in zeitschriften und büchern publiziert, ihm einen beachtenswerten ruf eingebracht. Mr. Peekaboo, sein begeisterter förderer und freund, zugleich nutznießer des talentes unseres Uncle Jules, im resultat eine werbung für sein touristisches imperium.

So erreichte dessen reisebericht durch die eiswüsten des äußersten planeten *Omega* höchste auflagen, ein abenteuer, das nur aus dem sicheren schutz der steuerkanzel eines robot-schreiters gewagt werden konnte. Dem entsprechend wurde das im programm der »pangalactic-pb-travels« das exklusive angebot an expeditionen für betuchte touristen aufgenommen.

Jules war legende, und sein plötzliches verschwinden, das ausbleiben reklameträchtiger reiseberichte, erwies sich für Mr. Peekaboo als schmerzlicher verlust, waren deren leser doch auch seine besten kunden.

Argo gab sich mühe diese sachverhalte neu zu sortieren, der selbstgenügsame Diogenes der *Bospurus*, nicht nur eine literarische berühmtheit, "dein patron Mr. Peekaboo konnte dich wohl kaum auf vierundzwanzig planeten steckbrieflich als vermisst suchen lassen, oder dich gar als exilant auf einem der zahllosen fährschiffe vermuten."

"Hat er nicht nötig, hat für alles personal, geld spielt keine rolle. Vom kleinsten und hinterwäldlerischen planeten *Rho*

kommend, in der nachfolge seines vaters zum reichsten geschäftsmann des *systems* reüssiert, ist Peekaboo Junior heute ein trilliardär, wenn du überhaupt eine vorstellung der anzahl nullen einer solchen zahl hast."
"Er hat dich also entführen lassen?"
"Du erinnerst dich an einen abend in der bar der *Bosporus*, wir kamen auf den *universal grinder* zu sprechen, wurden für einen moment gestört."
"Du holst weit aus, sollte ich mich erinnern?"
"Deiner aufmerksamkeit war's entgangen, eine attraktive dame, zeigte sich auffallend an deiner person interessiert. Inzwischen hat sie einen namen, nennt sich Lavie Duport. Aber erst zu Mr. Peekaboo. Viele wochen nachdem du dich vor der ankunft der *Themis* in sicherheit gebracht hattest, tauchte er dann auf, erschien im restaurant, in begleitung zweier atemberaubender damen, Dr. Dolores Pasta und der eben genannten Lavie Duport, sekretärin des chefs eines Casinos auf der *Bosporus,* übrigens auch zum imperium des finanzmoguls gehörend. Seine gespielte überraschung, rolle des ahnungslosen, mich rein zufällig hier anzutreffen, so stand er in seiner jovialen art vor mir, *also, der gute alte Jules Lee Hooker, wer sagt es denn, ein verschollener lebt noch. Das muss gefeiert werden.*
Einen arm um meine schulter gelegt zog er mich an sich, Lavie Duport mit einem leicht verlegenen blick, waren wir uns zuvor ein zweites mal wieder begegnet, auch einander näher gekommen. Nun rechne eins und eins zusammen, Mr. Peekaboo brachte kurz und bündig alles unter dach und fach, für mich die einzigartige aussicht eines besuchs der Erde, dich hier zu treffen, was den ausschlag gab.
Frau Pastas erfindungen haben den interstellaren tourismus revolutioniert. Das von der Venus hast du gehört, die Erde bleibt für Mr. Peekaboos reiseangebote tabu, mein hier sein geschieht im geheimen, dazu nichts näheres. Doch wie du siehst, es hat geklappt. Mit einem Dschinn zu reisen ist mir ja nun mal nicht vergönnt."
Jules erfuhr von Argo über unerwartete fortschritte in der kommunikation mit dem Dschinn, "mit seiner zustimmung

habe ich sogar eine intelligente flugfähige parkbank aus einer parallen oder sonstigen zeitebene behalten dürfen."
"Und jetzt, dank Dolores Pasta, *right time right place*, im berühmten *Divin' Duck* dürfen wir unsere vagabundierenden gesetzlosen subversiven gespräche wieder aufnehmen."

Ein kellner unterbrach, auf dem tablett eine volle flasche Bourbon, einen eiskübel und drei neue gläser. Fragende blicke unserer beiden freunde. Dann trat auch schon Lucy Haven an den tisch, "Uncle Jules, wenn ich mich nicht irre. Darf ich mich zu ihnen beiden setzen?"
"Richtig, mein freund Jules Lee Hooker", verbesserte Argo, und an Jules gewandt, "Lucy Haven, eine gute freundin."
"Die sich wohlweislich einer konkurrenz zu seinen geliebten büchern enthält. Lieber Lee Hooker, also Jules, fand immer der *Uncle* passte sowieso nicht, welches glück, mich jetzt ihrer lang ersehnten gesellschaft erfreuen zu dürfen."
Dieser war sprachlos vor erstaunen über Mrs. Haven's verblüffende ähnlichkeit mit Mrs. Duport. Schon hatte Lucy an seiner seite platz genommen, verteilte eis in die gläser, schenkte jedem mit sicherer hand großzügig gemessen ein, "mein wiedersehens- und willkommensgruß, euch beiden zum wohl."

"Ich ahnte es längst", sagte sie zu Jules, "Argo macht sich ja manchmal ziemlich rar, reisetätigkeit im aussendienst, sagt er, was weiß ich schon. Wenn er ihren namen erwähnt dachte ich, gut so, wenigstes einen arbeitskollegen zum freund, aber das übertrifft meine vorstellung bei weitem, bis zum Mars, das ist eine überraschung."
"Nicht vom Mars, meine liebe", beeilte sich Argo das zu korrigieren, "sondern vom planeten *Tau*."
"Argo, sei nicht so streng, weit weg ist weit weg", ermahnte ihn Lucy, "ist mir auch viel sympathischer, lieber Jules, Mars ist ja nur ein staubiger roter toter wüstenplanet, dagegen, wie sagen die *Dao-* oder *Tauisten*, wu-wei, einerlei."

Soviel von diesem denkwürdigen abend im *Divin' Duck*.

Zur abwechslung nun eine neue epispde

wo ist der keks?

Jenseits elementarer daseinsfragen, *boy meets girl*, oder *girl meets boy*, ihren unerschöpflichen variationen, dass es unstrittig fruchtbarer sei nicht alleine zu schlafen, stellt sich, angesichts der einladend aufgeschlagenen bettdecke, die vordringlichere frage, wohin verdammt nochmal der keks sich verkrümelt haben mochte, zuvor schon angebissen, nochmals beiseite gelegt, aus der küche mit gefüllter wärmflasche zurück, diese unter die bettdecke geschoben, nur lag der keks weder auf dem kopfkissen, war auch nicht zwischen die bücher am kopfende des bettes gefallen, wo sie sich auf dem boden stapelten. Wo ist der keks?
Sein unmut macht sich luft, "Dschinn, bitte zurück zu dem moment an dem ich in den keks gebissen, ihn aus der hand gelegt habe um in die küche zu gehen."
"Nimm einfach einen neuen keks, und freue dich auf das vorgewärmte bett."
"Das dürftest du doch begrüßen, endlich mal ein spontaner wunsch von mir. Also bitte, deine kunst ist gefragt."

Ab dem zeitpunkt, da er den keks anbeißt, ihn beiseite legt, wiederholt sich alles. Doch, wie gehabt, "wo ist der keks?" Suchend und halblaut vor sich hin mosernd, "da soll jemand behaupten, zeitreisen könnten uns schlauer machen, alles mumpitz, raubt einem nur unnötig zeit."
Argo holt sich einen neuen keks, schlägt die bettdecke auf, will die wärmflasche noch weiter ans fussende schieben, siehe da, auch der angebissene keks lag dort, etwas aufgeweicht, den kleinen schokostückchen war's zu warm geworden. Mit verwünschungen gegen den keks wechselte er das laken aus.
"Wie dämlich aber auch, ist nun mal nicht so einfach mit der eigenwiligkeit der dinge übereins zu kommen."
Der Dschinn, "nicht meine zuständigkeit."
Wohlig unter die decke geschlüpft, dann hinter sich greifend, als oberstes, von einem der bücherstapel, eines

mit eingelegtem lesezeichen aufgeschlagen, genüsslich am keks knuspernd, eiene zeile von Philippe Jaccottet, als wollte er sich einmischen, *das abendlicht, wie eine hand, die über die dinge streicht, um sie zu beruhigen...* legt's zurück. Greift nach einem dünnen bändchen.
Von versen geleitet, über fremde entbehrungsreiche pfade, fern der behaglichkeit des warmen bettes, die wege des *Einsiedlers vom Kalten Berg,* versbilder eines entsagenden lebens, eines gewonnenen reichtums überzeugt, in der fülle einer sich offenbarenden natur; muss er sich als leser nicht als eindringling empfinden? Doch zeigt sich, einem leiden, einer leidenschaft ist der einsiedler in seinem unwirtlichen fernen gebirge nicht entkommen, liest er nun die verse:

"Wir haben viel Zeit um Gedichte zu fassen
Mit Inbrunst kritzelnd geben wir uns aus
Doch wer will solcher Taugenichtse Werke lesen?
Drum rat ich dir, hör auf mit dem Gejammere!
Schreiben wir auch auf feinstem Reiskuchen
Selbst streunende Hunde würden nicht anbeißen."

Argos gedanken beginnen zu schlafwandeln, führen ihn fort von seiner lektüre. Ein mühlrad großer keks rollt auf ihn zu. Mit verzweifelter vehemenz eines Sisyphus wirft er sich dem entgegen, kein harter stein der ihn zu zermalmen droht, doch bringt er ihn erst vor einem abhang zum stillstand.
"Jetzt verleg ihn nur nicht wieder", ermahnt ihn die leicht amüsierte stimme des Dschinn.
Der riesenkeks war ohne zutun des halbschlafträumers aus dem gleichgewicht geraten, liegt nun flach auf den boden, hat damit zumindest seine radkraft verloren. Argo setzt sich auf dessen rand, nimmt seine buchlektüre wieder auf.

Gelegentliche geräusche hinter seinem rücken, er vermeint sich entfernende schritte zu hören, verhallend wie in einem verlassenen treppenhaus, blickt sich um, sieht aber nichts verdächtiges, klettert aber dann doch über den rand auf die fläche dieses monströsen kekstalers, ein durchmesser noch gewaltiger als zuvor. Vorsichtig nähert er sich der mitte, am rand eines spiralförmigen treppenabstiegs bleibt er stehen blickt hinunter, wie der aus der höhe eines turmes. Nichts ist von unten zu hören.

Tastend betritt er die ersten stufen, steigt neugierig weiter hinab, absatz für absatz, schließlich sogar eine etage mit einladend offen stehender fahrstuhltür. Der umstand, den keks hoch über sich schon vergessen zu haben, erleichtert seinen entschluss, mit den fahrstuhl bis ins erdgeschoss zu fahren.

Das gläsernes foyer kommt ihm bekannt vor. Draußen sieht er einen menschenauflauf. Mit dem rücken zum eingang halten polizisten eine aufgebrachte menge in schach. Kaum hinausgetreten, ein polizist dreht sich um und wundert sich über den mann im pyjama.

"Was treiben sie den hier?"

"Sehen sie doch, stören sie bitte nicht meinen traum."

"Schlafwandler wie? Noch ein irrer, verschwinden sie besser, habe ernsthafteres zu tun."

Argo erkennt über den köpfen der menge hochgehaltene schilder, hin und her wogend, mit aufgepinselten parolen.

"Wofür wird denn hier demonstriert?"

"Wofür? Nein wogegen, darum geht es, immer gegen etwas oder gar alles", entgegnet der polizist unwirsch.

"Und wenn die erfolg hätten, es nichts mehr gäbe, außer denen selbst, blieben die sich dann immer noch einig?"

"Sie stellen fragen. Aber dann wäre ich endlich frei, mich mehr um solche freaks zu kümmern, die in pyjames die straße unsicher machen."

"Ich muss doch bitten."

Der polizist, hierdurch abgelenkt, eine demonstrantin nutzt das und schwingt, einer lanze gleich, drohend ein an einem besenstiel befestiges papp-plakat, gedenkt die absperrung zu durchbrechen, doch nun löst sich die pappe aus ihrer befestigung, und *"wir regeln ohne regeln"* fliegt, in folge der erregten bewegung am polizisten vorbei, genau Argo zu füssen. Der uniformierte dreht sich irritiert um. Die frau weicht zurück, ohne ihr schlagendes argument, nur noch mit besenstiel bewehrt fühlt sie sich entwaffnet, verharrt ratlos, argumentativ entblößt. Argo hebt die pappe auf,

tippt dem polizisten an die schulter.
"Sie auch noch da", stöhnt dieser, gänzlich entnervt.
Statt einer antwort reicht Argo ihm wortlos das pappschild, der es ohne zu zögern der demonstrantin zurück reicht, "nichts für ungut, bin für ein fair geregeltes gegeneinander, oder sind sie hin und wieder auch mal für etwas?"
Nun gedenkt der polizist sich endgültig und gebührend dem freak im pyjama widmen, diesem sittenstrolch. Doch der ist nirgends mehr zu entdecken, bleibt verschwunden.

Zwei seiten der gleichen medaille, dachte Argo, wie einst auf dem schulhof, räuber und gendarme, oder beim bolzen, wenn die anführer wechselweise ihre mitstreiter wählten, er blieb immer bis zuletzt übrig. Seine zuteilung wurde dann von der jeweiligen gruppe eher als lästig, denn als zugewinn quittiert, einig darin, seine anwesenheit beiderseits als zumutung zu verstehen, gleichermaßen erleichtert, wenn er sich als ungerade zahl aus der affaire ziehen konnte.
Um nicht auf dauer zwischen die fronten der parteiungen zu geraten, als anhängsel hin und her geschoben zu werden, entschied er sich bald dazu, sich erst gar nicht mehr in dieser *arena* blicken zu lassen.
Die schrille erregtheit dieses groben balltretens, vermochte er nie zu teilen. Wo immer möglich, auch im sportunterricht seiner allzu langen schuljahre, wurde er immer geübter sich derartigen tribalen konditionierungen des *wir* und *die,* oder auch, *in gesundem körper ein gesunder geist,* zu entziehen.

Der schlaf begann die kontinuität solcher gedanken langsam zu brechen, als bunte splitter eines kaleidoskop versinken sie spurlos im spiegel eines bergsees. Der träumer weiß von diesem entlegenen ewig stillem gewässer im hochgebirge, sein einmalig gebliebener besuch, stundenlanger aufstieg über pfade im bemoostem felsgestein zwischen erlen und kiefern, entlang der rauschenden wasser eine gebirgsbachs.

An einem wasserfall saß ein mönch, der ihn wohl kommen hörte, unbewegt verharrend und abgewandt, "nicht suchen heißt finden, es ist doch alles immer schon gegenwärtig."

ein autor in der bredouille

Was denn nun schon wieder, und so förmlich? Doch statt zu fragen antwortete er, "wenn's denn sein muss" und legte auf. Dem autor erschien dies wie diplomatisch einbestellt, kein kaffeekränzchen im verlag.

Kleiner Tellerrand hinter seinem schreibtisch, außer Argo und dem ghost-narrator war eine noch unbekannte person anwesend, zugeknöpft, eingefrorene gesichtsfassade, auf dem boden neben sich, eine schwarze aktentasche.

Die oberfläche des aufgeräumten schreibtischs fluktuierte zwischen materialität und energetischem mikrokosmos, verriet nicht das geringste über die in ihren tiefen lauernden abgründe der alles verschlingenden raumzeit.

Der verleger, "ich stelle vor, Mr. Jones, hier, als vertreter der zensurbehörde zur bekämpfung von fehlinformationen, hat um ein klärendes gespräch gebeten."

Der genannte räusperte sich, der autor nickte ihm ein, "sehr angenehm" zu. Danach schweigen. Erneut der verleger, "eine frage von Mr. Jones an uns, wie wir dazu beitragen könnten, unseren lesern den erstkontakt mit aliens auf der Venus, auf konstruktive weise zu vermitteln.

"Der sammlung unter unserem sternenbanner beitragen, positiver patriotismus", ergänzte der beamte.

Der autor, "bin kein eingebetteter zeitungsjournalist, folge keiner fahne. Die erfahrungen auf der Venus dürften doch heilsam sein, ist das nichts positives?"

Mr. Jones, "die freiheit des dichters außer frage, doch sich mit subversiven gedanken gemein machen, könnte leser dazu verleiten, diese auf die realität zu projizieren."

Einwand des ghost-narrators, "die wirklichkeit ist im blick der pazifistischen vernunft möglicherweise eine andere."

Mr. Jones, "vielleicht eine vision? Die unkritische übernahme jener einseitigen schilderung der ereignisse auf der Venus, aus fragwürdiger, ja strafwürdiger quelle, lässt leider alle anteilnahme am geschick unserer *marines* vermissen."

Argo, "soldaten als botschafter des friedens, das musste ja in die hose gehen, da mangelt es an friedenstüchtigkeit."

Mr. Jones wirkte leicht irritiert, was hatte der hier überhaupt zu suchen? Romanfiguren wären niemals zu belangen, was immer sie anrichten, welcher gerichtsbarkeit könnten sie unterstellt werden?

Der autor nutzte die pause, "journalisten werden mit allem möglichen gegängelt, sie merken es ja nicht einmal. Doch von den quellen fiktiven schreibens kann kein autor fern gehalten werden, wie die lachse stromaufwärts", und zum Brunnenfrosch, "waren die bücher des Chuang-tzu denn je staatstragend?" Der schwieg verlegen.

Mr. Jones begriff nun gar nichts mehr. Die sache schien sich zu einem internen fachgespräch zu entwickeln.

Ghost-narrator, "Mr. Jones, vielleicht schätzen sie mich als pseudonym des autors ein, seine kunstfreiheit abzusichern, aber sie sehen, ich sitze ihnen in persona gegenüber."

Argo nickte zustimmend, und der autor hakte nach, "ist es nicht eher aufgabe der kunst zu zeigen, wie dünn der boden unserer gewissheiten war, ist und bleibt?"

"Und keiner der hier anwesenden war auf der Venus dabei", wand Argo ein, der allerdings über diese episode, ohne eigene beteiligung, gerne die nase rümpfte.

Mr. Jones ergriff den gelegenheitszopf einzuhaken, "genau, kein augenzeuge zu sein, also unparteiisch zu bleiben, wäre dann doch das mindeste von einem autor zu erwarten. Mein einziges anliegen ist die patriotische verantwortung aller, gemeinsam stehen wir an der heimatfront."

Eine äußerung, die hellhörig machte.

Der verleger druckste verlegen hinter seinem schreibtisch.

Der autor wollte das nicht so stehen lassen, musste jener immer wieder sein daoistisches erbe leugnen? "Ein verleger täte besser daran, die weisheit seines mentors im auge zu behalten und nicht zulassen, dass offenheit und poesie der fabel von gewünschten eindeutigkeiten ersetzt werden. Sich selber prüfen ist angesagt."

Mr. Jones sah sich in die schützengräben seiner heimatfront verwiesen, er brauchte einen rettungsanker, griff zu seiner

aktentasche, öffnete sie, entnahm ihr ein dokument, reichte es dem autor, "darf ich ihnen eine vorladung zur anhörung vor dem hierin genannten rechtsausschuss geben, mir den empfang anschließend zu quittieren?"
Dieser überflog das schreiben, gleichgültig und teilnahmslos reichte es an Argo weiter.
"Sie wollten es ja nicht anders," ergänzte Mr. Jones, "habe versucht unser verhältnis konstruktiv zu festigen, auf den nachdruck des berichtes jenes anonymen *stool pigeons* aus ihrem manuskript ganz zu entfernen. Es liegt an ihnen."
"Bin offensichtlich auf der anderen seite ihrer frontlinie."

Mr. Jones ratloser blick klammerte sich an die autorität des schweigenden verlegers, während Argo mit flinker hand das papier zu einem schiffchen gefaltet und dies kurzerhand auf die marmorplatte des schreibtisches gesetzt hatte. Das boot begann augenblicklich kreise zu ziehen, immer engere und schnellere, als hätte ein strudel es erfasst. Mr. Jones begriff, die frage blieb ihm im hals stecken, seine aktentasche fiel zu boden, er sprang auf und griff nach dem versinkenden schiffchen, doch der sog des malstroms verstärkte sich gewaltig, schon wurde seine hand mit dem boot in dieses unersättlich gähnende *nichts* hinein gezogen, konnte aber auch nicht mehr loslassen. "Tun sie doch was" rief er zum Brunnenfrosch, der ihm freundlich zuwinkte. Als nur noch die beine des mannes in der luft zappelten, verlor er einen schuh, der zu boden fiel, dann war er mit haut und haaren verschwunden.
"Gründlicher als jeder *shredder,* soviel zur nicht erhaltenen vorladung", bemerkte Argo, "bekommt vielleicht woanders eine bessere gelegenheit für mobilisierung und rekrutierung von zivilisten, sie kriegswillig zu machen."
Autor, "werde das im hinterkopf behalten. Aber schicken wir ihm erst einmal den verlorenen schuh nach, auch seine aktentasche soll er nicht vermissen."
Gesagt getan.
Danach blieb zeit für einen kleinen umtrunk, in gelöster atmosphäre, ganz so wie es sich gehört.

lesen ist weniger gefährlich

"Erklär's mir, wozu trage ich einen revolvergürtel unter meinem mantel, hast du mir die rolle eines raufbolden oder gesetzlosen zugedacht? Jedenfalls ohne sheriffstern."
"Meister, bleib ruhig, diese ausstattung ist hier allgemein üblich, brauchbarer, denn dir eine lektüre zuzustecken."
Überzeugend klang das nicht, erst recht nicht beruhigend.
Argo blickte um sich, dies war eindeutig nicht die theke des *Divin' Duck.* Der ort glich eher der filmkulisse eines western saloon, passend die leichtgeschürzten damen in ihren locker gezurrten miedern, die einen, hinter cool sich gebärdenden gestalten einer pokerrunde, auf ihr geschäft wartend.
"Siehst du", wiederholte der Dschinn,"kein ort für lektüre."
"Was habe ich also dann hier noch verloren?"
"Kann nicht alles wissen."
"Verstehe weder was vom pokern, noch mit dem revolver zu hantieren. Sollte ich denen nicht besser was vorlesen?"
"Halt ein, vorlesen steht in gegebenem fall nur dem richter und dem pfaffen zu. Aber deinen whiskey wirst du hier auch bekommen, ist das nichts?"
Schon fixierte ihn der barkeeper, mißtrauisch, "was darf ich ihnen einschenken, fremder?"
"Einen whiskey auf eis."
"Ohne eis und sofort zahlen."
Argo schob resolut zwei bucks auf die theke, "dann aber einen doppelten."
Das glas wurde eingeschenkt, sogleich trat der barkeeper eiligst beiseite, da dröhnte hinter Argos rücken eine bissige gebieterische stimme, aller lärm hielt den atem an.
"Halt! Fremden ist nicht erlaubt in dieser stadt waffen zu tragen."
Auf der weste des mannes im eingang des saloons glänzte silbern der stern des sheriffs, derweil die schwingtür mit erschlaffenden flügelschlägen auspendelte. Ein revolver war auf Argo gerichtet.

"Ein durchaus vernüftiges gesetz", erwiederte er, legte den waffengurt auf die theke, wollte zu seinem whiskey ohne eis greifen, die gleichzeitigkeit der explosion eines schusses und des auf der theke zersplitternden glases vereitelte dies. Grabesstille. Im hintergrund, an seinem tisch, unbeachtet, rieb sich der bestatter vergnüglich die hände.

Argo, "bin nicht der einzige hier, der keine waffe tragen sollte." Oder war's ein versehen? Doch schon gingen dem sheriff zwei gehilfen zur hand, einer nahm Argos artillerie von der theke an sich, der andere half dem verdutzten die handschellen anzulegen. Die vier verließen den saloon, während hinter ihnen der gewohnte betrieb mit dem einsatz des pianisten wieder fahrt aufnahm.

Im office des gesetzeshüters wurden unserem irrenden reisenden zwar die handschellen abgenommen, erhielt statt dessen platz in einer noch leeren zelle.

"Eine übernachtung wird ihr mütchen abkühlen."

"Wer hat denn geschossen?"

"Wie konnten sie es nur schaffen sich so dreist in unsere friedliche stadt einzuschleichen? Morgen früh, werde ich sie persönlich aus meiner stadt entfernen."

Das konnte alles heißen. Argo schwieg. Allein gelassen, streckte er sich auf der pritsche seiner zelle aus und schloss die augen. "Soll ich mir eine so ungemütliche nacht antun, Dschinn?"

"Was fragst du, hast du denn beim scheriff nicht noch einen whiskey gut, oder?"

Jemand räusperte sich in der nachbarzelle. Schon stand die person am zwischengitter. Welche ähnlichkeit mit dem Kappenmann, wunderte sich Argo, auch wenn dieser hier eine schwarze melone trug.

"Habe die ehre, handlungsreisender, heilmittel aller art, wässerchen gegen haarausfall, für die damen statt dessen zur entfernung von haaren, auch gegen schlechte laune."

"Und brennen heimlich schnaps? Hätte im moment nichts gegen eine kleine stärkung."

"Typisch, ihr vorlautes urteil, bin ein studierter apotheker."

"Und was wird gegen sie vorgebracht?"

"Haben sie den sheriff schon ohne hut gesehen?"
"Sollte ich?"
"Seine frau wird beide tinkturen verwechselt haben, dumm,
dennoch sehen sie wie gut ich bin. Doch leider, in diesem
fall hätte die wirkung besser auf sich warten lassen bis ich
alle berge gewesen wäre."
"Was wollen sie mir da weismachen?"
"Nun ja, seiner dame wachsen unter der nase schurrhaare.
Mein geschäft läuft in der regel ohne solche zwischenfälle."

Der sheriff kam zurück, in begleitung des richters. "Wo ist
der quacksalber", rief letzterer. Der sheriff schleppte meinen
zellennachbarn ins büro.
Der richter, "die bedingung eine kaution zu hinterlegen ist
hiermit kraft meines amtes aufgehoben. Verehrter sheriff,
außer des malheurs, das ihnen passierte, gibt es in unserer
gemeinde nur zufriedene kunden dieses mannes, so auch
meine frau und wahrhaftig, das zählt."
Widerwillig händigte der, in seinem stolz gekränkte sheriff
dem handlungsreisenden den beschlagnahmten koffer aus.
"Gnade gott, wenn sie sich hier nochmal blicken lassen."
"Danke für den segen und die gastfreundschaft."
Mit seiner melone winkte er mir in meiner zelle zu, "freut
mich außerordentlich einander begegnet zu sein, kamen mir
sogar irgendwie bekannt vor, empfehle mich", und stolzierte
hinaus auf die straße.
"Wie steht's denn nun um den, wie sie sagten, hitzblütigen
pistolero?", wollte der Richter wissen.
"Den schaffe ich morgen früh persönlich aus der stadt."
"Vorher sind sie mir noch einen whiskey schuldig", meldete
sich der eingebuchtete.
"Sie hören es, habe da einen ganz schön dreisten vogel
erwischt, mein untrügliches gespür."
"Ihr vogel wird gleich einen abflug machen," rief Argo.

Der Dschinn war anderer ansicht, eine kurze zwiesprache
und Argo ergänzte, "vorher gehe ich noch zur stärkung auf
einen drink in den saloon, selbstverständlich auf die kreide
des sheriffs."

Im glanz seines sterns, über alles erhaben, "da sehen sie es, auch noch ein aufschneider vor dem herrn."
"Vor ihnen", der richter schien amüsiert, "nehm's auf meine kappe, ein unterhaltsamer vogel. Seine artillerie ist ja bei ihnen in sicherer verwahrung, gehen wir alle drei, ein drink im saloon täte auch mir ganz gut."
So verließ Argo das büro, vom richter beim arm genommen und vom sheriff unwillig begleitet.

Der barkeeper des saloons war nicht wenig überrascht, dieses seltsame trio an seiner theke friedlich vereint.
Argo, "da ist eine offene rechnung zu begleichen."
"Wir sind quitt, sie hatten ihren doppelten bezahlt."
"Aber nicht getrunken. Der sheriff will das in seiner großmut bereinigen."
Der sternträger wirkte etwas entrückt, ein zustimmendes nicken des richters zum barmann, "whiskey für uns drei", schien sich mit alledem einen heimlichen spaß zu machen.
"Aber selbstverständlich, herr Richter", und zauberte im nu drei Bourbon, diesmal sogar auf eis.
Der richter hob sein glas, "ende gut, alles gut."
Argo stimmte zu, nur das dritte glas blieb unberührt.

Die eingangs schwingtüren wurden aufgestoßen, herein stürmten die zwei gehilfen des sheriffs, außer atem, vor aufregung nur schwer worte findend, "der ... der fremde ... der revolverheld, heute mittag erst festgenommen, ja, und ... nun nicht mehr in ...", starrten auf die drei männer an der theke, rieben sich nochmals die augen, seltsam, nun standen da nur noch der richter und der sheriff, der soeben aus seiner lethargie erwachte, seinen revolver ziehend, wirr um sich blickte, an den tischen ging alles in deckung, dann zum richter, "wo ist der schuft?"

Auf der theke drei leere gläser, dazu der richter, "unser gast wollte wohl ihres nicht ungetrunken zurücklassen wollen", blickte schmunzelnd nach draußen, und sofort stürzte der hüter des gesetzes taten- und rachedürstig aus dem lokal, seine gehilfen hinterher, schleunigst die spur des fremden aufzunehmen.

die revolution hat ihren einsatz verpasst

Der herbergswirt, mißtrauisch, noch so spät in der nacht ein einsamer fremder gast vor seiner tür, "wie ich sagte, mein herr, verstehen sie, vor stunden die letzte reisekutsche, alle zu erwartenden gäste sind längst eingetroffen."
"Die kutschen sind nun mal schneller, bin zu fuss, und hätte gerne unterkunft für die nacht, und sie haben noch licht."
"Dienlich allerlei gesindel fern zu halten, was treibt sich in diesen zeiten nicht alles im dunklen herum", und taxierte mich unsicher, staubmantel, ihm erst recht befremdlich, die jeans und spanischen boots. "Also, das tohuwabohu in der hauptstadt, die umtriebe der *sansculottes*, mir gleich, doch wenn ihr burschen denkt, euch mal so eben in der provinz verkriechen zu können, bis gras darüber gewachsen ist, da liegt ihr falsch."
"Welche unterstellungen, ich bin nicht von hier."
"Ausländer? Noch verdächtiger, schüren die unruhen, und verstehen es bestens davon zu profitieren."

Auf einmal spürte ich in einer manteltasche ein beachtliches gewicht, verwunderlich, sprachlos zauberte ich einen voller münzen klingelnden geldbeutel hervor. Das kleine silberne nachtkonzert läutete beim wirt eine konziliante tonart ein, eine sich erhellende miene und eine empfangsfreudige hand, "will ihnen nicht unrecht tun", sein blick erwog das mehr als generös zu erwartende eintrittsgeld.
"Monsieur, seien sie nachsichtig, sie sind selbstverständlich willkommen, aber warum denn nur zu fuß? Egal ihr hohen herren habt eure marotten, folgen sie mir."

"Guter Dschinn, warum nicht gleich so?"
"Das gewitzte wort erspart den vollen beutel, aber wenn's daran mangelt? Sollte ich dich besser als tourist ausstatten, mit traveller schecks und den *Baedeker* als reisebegleiter?"
"Goldmünzen sind eine zeitlose währung, danke dir für die

umsicht, den reiseführer sparen wir uns. Verzichte gerne auf alles in der ferne hoch gepriesene, orte die angeblich jeder mal in seinem leben gesehen haben muss."
"Bitte, Meister, nicht echauffieren. Bin deinerseits immerhin vor extravaganten übertreibungen sicher, nicht von mir zu verlangen den gondolière zu spielen, der dir und Lucy ein liedchen trällert, oder sonstig ausschweifendes."
"Deine fantasie geht mit dir durch."

"Sagten sie was?" Der wirt hatte mich in den gastraum geführt, "aber keine sorge, sie sind gast an meinem tisch, und ein zimmer wird für sie umgehend hergerichtet."
Keine rede von zu später stunde, der schankraum war voll zechender gäste. Einheimisches landvolk und bedienstete der einquartierten herrschaften, welche sich schon zur ruhe begeben hatten. Mein neuer gönner führte mich an einen freien tisch nahe der theke. Er holte eine flasche roten, ließ sich nicht nehmen, in unser beider gläser selbst vorsichtig zu dekantieren, "dann auf unser wohlergehen."
Er behielt ein wachsames auge auf seine gäste, ging mal an diesen oder jenen tisch, aufmerksame worte wechselnd. War mir recht, mir selbst überlassen, dem stillem genuss des weines hingegeben, auf ungerichteter nachdenklichkeit schwebend; bis eine am ausschank emsig tätige kellnerin, anfangs leicht schnippische blicke, mich bald mit schönen augen an der angel hatte.
Erinnerungen an Lucy, die alte geschichte, alles wird einem wunschbild passend gemacht, bereitwillig folgen wir den von unseren neigungen gelegten spuren, so erschafft sich die eigene welt selbst immer wieder von neuem, *wherever I lay my hat, that's my home.* Tauschten tastende zeichen neugieriger aufmerksamheit, das herz sitzt zentraler als der kopf und nutzte selbstisch diesen vorteil, meinen verstand auf schillernden flügeln zu umgaukeln.
"Mein herr, sie sind's zufrieden?"
"Bestens mademoiselle, meine etwas zu neugierigen augen möchten sie mit ihrem namen bekränzt sehen."
"Wie sie sich ausdrücken, wenn's ihren augen weiterhilft, werde Louise Davenport geheißen."

"Ein vielversprechender hafen, dort einzulaufen, ist das ein zu kühner traum?"
"Träumen sie weiter, sie sehen, habe mächtig zu tun", und mit einem "enchantée", kehrte sie zur theke zurück.
Zu gleicher zeit wurde unser aller aufmerksamkeit von drei eintretenden seltsam uniformierten in beschlag genommen, soldaten, in metallisch silbrigem glanz, traten waffenklirrend in die mitte des gastraums, standen still, und da, wo am halslosen kopf die augen sein müssten, nur ein schmaler schlitz, in dem ein rotes licht hin und her wanderte. Louise schlich sich zurück an meinen tisch, "besser sie folgen sie mir unauffällig, zeige ihnen ihre logis."
"Soll ich diesen auftritt verpassen?"
"Sie kennen die hiesigen gepflogenheiten nicht, mit denen ist nicht zu spaßen."
Und schon nahm dieser szenenwechsel fahrt auf. Einer der drei cyborg ähnlich geharnischten, machte einen schritt nach vorne: "Ein dekret des obersten *Cäsario*", und hielt ein papier vor seinen sehschlitz, "ab sofort ist das gebot in kraft, eine patriotische pflicht, in geselliger runde, sich offen bekennend, auf das wohl des *Cäsario Gut-Daneben* zu trinken. Wer sich dem entzieht, macht sich als kollaborateur der *sansculottes* verdächtig, die wasser predigen, heimlich wein trinken, wollen letzten endes doch nur genussrechte an sich reißen. Die wahrheit liegt im wein, so stimmen wir freudig ein, *Salve Cäsario Gut Daneben.*"
"Salve Cäsario", alle anwesenden hoben ihre gläser, fröhlich einstimmend. Auch ich prostete ihnen zu, mir schnuppe, wer den reibach macht. Profiteure, gleich welcher couleur, ein ewig währender staffellauf. Oder wie der betrügerische igel den hasen im wettlauf austrickst. Diese bösartige fabel habe ich schon als kind nicht gemocht.
Die drei gesandten dieser weitsichtigen, *daneben* liegenden obrigkeit, machten mit klirrendem hackenschlagen kehrt. Der Wirt setzte sich wieder zu mir, "wissen sie jetzt, warum ich ihnen gegenüber anfangs so misstrauisch war?"
"Meine hosen, *jeans* genannt, haben mit *sansculottes* nichts zu tun."

"Wie ich schon über studierte herren hörte, es gibt solche, der zeit voraus, *avant la lettre,* vielleicht aus der zukunft, die vergangenheit ins bockshorn zu jagen."
"Oder aufzuklären. Wo endet die vergangenheit, sehe mich nie auf der höhe der zeit, entweder übers ziel hinaus- oder drei schritte vor, zwei zurück."
"Kenne ich sehr wohl, poeten sind sich häufig mit ihrer zeit uneins, schießen hin und her, fliegende weberschiffchen, gar nicht so frei wie sie denken."
"Der wahre poet sind sie."
"Mein beruf bringt's mit sich, eine bedachte distanz zu herrschenden ansichten. Doch den dichter weiß ich immer zu schätzen, trinkfeste gäste, im wein liegt wahrheit, nicht alle sind ihr gewachsen", nahm einen beherzten schluck, "im rausch unbedacht, so handelt die menge, von mir aus *sansculottes.* Kein traum tätigt blutigen aufruhr, entschuldet nicht blindwütiges handeln. Den hohen herren willkommen als blitzableiter ihres despotischen versagens."
Hörte zwar noch zu, verlor aber den gesprächsfaden, Louise hatte zunehmend meine aufmerksamkeit gekapert. Dem wirt schien das thema wohl auch erschöpft, "erlauben sie mir, hole uns noch eine flasche meines hausweins."
Triumphierend kehrte er mit einer von Louise entkorkten flasche zurück, "lassen wir ihn noch einige zeit atmen, endlich an der frischen luft, er wird es uns danken."
"Nur eine frage noch, was hatte diese proklamation vorhin genau zu bedeuteten?"
"Haben uns aufeinander eingestellt. *Cäsario Gut-Daneben* bettelt um unser aller dankbarkeit. Brüstet sich vollmundig, er hätte eine revolution verhindert, sozusagen eine blutige geschichte einfach mal so übersprungen. Wer wollte das überprüfen? Setzt sich selbst die krone auf. So ist eben politik, etwas greifbares leisten, das ist schon schwieriger. Meine sorge war unbegründet, sie würden vielleicht auf das wohlsein des *Gut-Daneben* nicht einstimmen."
"Was wäre passiert?"
"Eine augenblickliche verhaftung."
Louise näherte sich, "entschuldigen sie, darf ich unserem

gast jetzt sein zimmer zeigen?"
"Das hat zeit, meine liebe."
Mit einem seitenblick wies der wirt sie an, sich an seiner statt um die letzten noch verbliebenen gäste zu kümmern. So blieb mir nur, an dem gesprächsfaden weiter zu spinnen.
"Anfangs erwähnten sie *sansculottes*, offen gesagt, nahm deswegen an, wäre in die jahre der *französischen revolution* hineingeplatzt."
"Cäsario *Gut-Daneben* behauptet was anderes."
"Bin da offensichtlich auf einem holzweg."
"Nehmen sie's leicht. Was gestern verrucht, gilt heute als tugend, moden versprechen kurzweil und abwechslung am horizont des allltags."
"*Sansculottes* scheinen dann derzeit nicht mode zu sein."
"Eigentlich arme teufel, geächtet, nur weil sie gerechtigkeit für machbar halten. Der prophet schreitet übers wasser, hebt den blick vieler und lenkt ihn ab, von der bodenlosen wirklichkeit. Schließt nicht aus, dass lange hosen auch mal mode werden könnten. Ihnen ja schon selbstverständlich."
Die flasche leerte sich.
Schließlich winkte der patron Louise herbei, "zeig unserem werten gast sein zimmer", und an mich gerichtet, "mir eine ehre, werter fremder *avant la lettre.*"
Zum glück hatte er diesmal den gedanken an einen gast, aus anderer zeit hierher verirrten, nicht weiter verfolgt.

Wir stiegen eine steile treppe hinauf, der flur mit den gästezimmern, sie schloss eine tür auf, legte den schlüssel auf eine kommode und war schon wieder verschwunden.
Im einschlafen begriffen, da öffnete sich behutsam die nicht abgeschlossene tür, nun von innen leise verschlossen.
"Dir träumte doch eines erholsamen hafens", wisperte eine stimme, die mich mit diesen worten weckte, sehr nahe, und schon hatte Louise die bettdecke angehoben, sich darunter auf mich gelegt, sanfte ouvertüre einer mehraktigen oper, improvisiertes libretto, das in noten zu fassen, würde nicht einmal einem Scarlatti gelingen. Das leben ist größer als die kunst, doch angemessen bleibt's, sich zu bescheiden.

Kaum hell geworden, wieder wach, bester dinge, wenn auch Louise sich längst davongeschlichen hatte.

Ein morgen aller seits emsiger geschäftigkeit. Der wirt wies mich an, wieder an seinem tisch in der gaststube platz zu nehmen.

An den anderen tischen waren die zur weiterreise bereiten hohen herrschaften dabei ihr frühstück zu beenden. Weiß gepuderte herren und damen, häupter von wallend lockigen perücken gekrönt. Die der damen türmten sich wie bienenkörbe oder mehrstöckige geblühmte chremetorten, und die kleidung aller schien mir der bekannten lebewelt des *ancien régime* sehr ähnlich.

Mir kam die cyborg soldateska des letzten abends in den sinn, welcher konstrast, wer oder was immer diesen *Cäsario Gut-Daneben* an die macht gebracht hat, diese herrschaften sind diesmal verschont geblieben. Puppentheater.

Der wirt gesellte sich kurz zu mir, "die eitle gesellschaft, ihr einziger fleiß, mit sich beschäftigt, sich in szene zu setzen. Zum glück warten schon ihre kutschen zur abfahrt."

Aus der ferne vermeldete nun auch ein posthorn die baldige ankunft der postchaise, wie ja auch das frühe glockengeläut der kirchen den besuchern aus benachbarten gemeinden, genügend zeit einräumte, zum kirchgang aufzubrechen, man konnte sich noch zeit lassen.

"Sie sollten die gelegenheit nutzen, reisen sie mit der post weiter", empfahl mir der wirt, "und wenn sie wieder in der gegend sind, fragen sie nach Jules, dem patron von der der »cigale fainéante«.

"In welcher zeit finde ich sie?"

"Sie scherzen, müssen wirklich von weit her kommen. Wir rechnen das jahr 1790, und nach ihrem kalender?"

"Oh ja, stimmt, schon gut, war in gedanken woanders."

"Auch Louise wünscht ihnen ausdrücklich alles gute, für das fleißige ding ist es gestern sehr spät geworden. Also dann, sagen wir, auf ein wiedersehen."

"Bestellen sie desgleichen meine besten wünsche und grüße ihrer zuvorkommenden mademoiselle Davenport."

"das ist doch der gipfel!"

In den frühen stunden ihres büroalltags blieb Effiie Perinée alle zeit der welt, ungestört in ihren abonnierten zeitungen und journalen zu blättern, vorsichtig, ihre frisch manikürten fingelnägel waren noch nicht trocken. Als sie später soweit war, platzierte sie eine seite aus der tagesszeitung auf den noch verwaisten schreibtisch ihres chefs, wohlweislich die ganze seite, den ihr wichtigen text rot umrandet, die große fläche papier glatt gestrichen, so dürfte sie dem kosmischen kannibalismus, dem unersättlichen appetit der marmornen schreibtischplatte, entgehen.

Wir warten nicht bis zur ankunft des Brunnenfroschs und lesen schon mal vorab:

Das ist doch der Gipfel!
Eine Parkbank auf dem Dach der Welt

Eine erste kurze Meldung eines Pressedienstes aus *Trevira*, (Hauptstadt von *Kattun)*, war mir Anlass genug, der Sache journalistisch nachzugehen. Im Hintergrund sind die bislang vergeblichen Bemühungen in *Trevira* zu sehen, endlich die Fluten touristischer Heuschreckenplage einzudämmen. Von Initiatoren und Profiteuren dieses Gewerbes sogar zynisch als Errungenschaft sogenannter "Globalisierung" deklariert, die alles tun zu verhindern, dass diesem Geschäft ein Riegel vorgeschoben werden könnte.

Einst Domäne der Extremsportler, steht längst ein Heer lokaler durchtrainierter Helfer bereit, der neuen Klientel des Geldadels, monströs aufgeblasener menschlicher Hoffart, zu Diensten, in schwindelnde Höhen aufzusteigen. Angesichts des nahen Gipfels der Glückseligkeit, vorbei an all jenen, im Schnee und Eis zurückgelassenen verblichenen Vorgängern, wie zur Warnung konserviert, doch schlichtweg ignoriert.

Nun zu jenem, in *Trevira* derzeit am meisten diskutierte mysteriöse Zwischenfall. Eine bizarre Krönung der Tollheit, den erfolgreichen Gipfelsturm fotografisch festzuhalten, ein Foto der *anderen Art*, das zwei Bergsteiger aufnahmen, was in *Trevira* eine Lawine widerstreitender Meinungen auslöste, bis hin zu Erinnerungen an Mythen und Prophezeiungen, die Berge würden sich für die Missachtung ihrer ewigen Ruhe rächen. So waren es nicht wenige, die in diesem Fall das Ganze mit Schadenfreude quittierten.

Nach dem Motto, hat einer Geld so ist er ein Held, ihren Gipfelruhm zum greifen nah vor Augen, da bemächtigte sich ihres Blicks eine widersinnig absurde Erscheinung. Auf einer Parkbank saß eine Person im leichten Lodenmantel, Sonne und Stille bei einer Buchlektüre genießend, und diese Vision wollte partout nicht verschwinden. Verständlich, die Furcht zu halluzinieren erfasste beide, noch ein Foto ihres fast erreichten Gipfels, um dann von Todesangst getrieben, als wäre ihnen der Gottseibeiunsdingsbums auf den Fersen, erreichten sie, geistig völlig verwirrt, unter Fürsorge ihrer Helfer, endlich nach Stunden das Basislager.

Neue Schecks wurden ausgestellt, emsige Hände rührten sich, ein Hubschrauberflug brachte sie augenblicklich zurück in die Obhut ihres Nobelhotels in *Trevira*.

Als sie feststellen mussten, dass ihr Gipfelerlebnis mit dem Foto tatsächlich gespenstische Realität angenommen hatte, war es beiden Anlass, allen weiteren Reiseunternehmungen abzuschwören, bekräftigten, künftig sich nur noch auf dem Rasen ihrer Golfplätze zu bewegen. Pressewirksam zur Schau gestellt, spendeten sie hohe Geldbeträge für die Renaturierung missbrauchter Landschaften, ihre Golfplätze ausgenommen, natürlich von der Steuer absetzbar.

"Als Ablass für unseren ökologischen Fußabdruck", hieß es. Ihr gnädiger Gott Mammon wird sie schnell wieder aus dem finsteren Tal herausführen. Zur Vorsicht stifteten sie auch der *Kirche der fliegenden Spagetti Monster,* war es ihnen immerhin denkbar, auf den Gipfel hatte sich das Tor zu einer anderen Dimension geöffnet, hätte sie ja auch verschlingen können.

Soweit der artikel.

Schließlich las dann der Brunnenfrosch diesen bericht aus *Trevira.* Effie Perinée half ihm, den ort des geschehens auf dem globus zu fixieren, "unfassbar, diese entfernungen", staunte dieser und bat sie, den autor des *grinder* erzählung zu benachrichtigen, "zu einem klärenden gespräch unter vier augen."

Was nun schon wieder, dachte der autor, es wird doch nicht Mr. Jones wieder aufgetaucht sein? Aber so ist das nun mal, das gewissen ist des menschen schuldbuch.
Er traf im büro ein, Effie winkte ihn durch, "sie werden erwartet", der verleger stand am fenster, "mein freund, heute ein wind aus unerwarteter richtung. Bitte lese erst den zeitungsbericht auf meinem schreibtisch, wie's scheint, nur wenige tage alt."
Der autor, zögerlich, beim lesen wechselten die winde der bedrängnis zumindest ihre richtung. Kleiner Tellerrand bat währenddessen Effie, sie mit erfrischungen zu versorgen. Ihr getränkewagen, vorsorglich immer gut bestückt, schien dem autor wenigstens ein zeichen der entspannung.
Der verleger, "Gute Effie, wenn ich sie nicht hätte."
"So gestatten sie mir, die dritte in der runde zu sein?"
"ihre freundin Lucy auf dem laufenden zu halten, na gut", und nun wieder an den autor gerichtet, "die reisen des Argo nehmen ja beträchtliche ausmaße an, wer denn sonst wäre in der lage, auf einem der höchsten gipfel des *Dachs der Welt*, zum verweilen eine parkbank zu platzieren, zur furcht und zum schrecken der kraxelnder gipfelwallfahrer?"
Der autor schwieg.
Statt seiner war Effie gut vorbereitet, "eigentlich doch eine heilsame lektion, unbeabsichtigt, das ist klar. Argo kann keine anstößige absicht, oder gar ein anschlag auf den tourismus zur last gelegt werden, sehe das ganz im sinn des reporters, genug ist genug, mit dieser übergriffigkeit an der natur."
"Ein klares urteil, einverstanden," Kleiner Tellerrand nickte zustimmend zum schweigsamen autor, der spürbar in einem zwiespalt zu stecken schien, dann endlich, "diese episode ist leider nicht aus meiner feder, wirft also fragen auf. Bin wirklich sehr angetan, doch die realität überflügelt meine fantasie."
Effie unterbrach, in den drei mit geistigem eingeschenkten

gläsern drohte das eis wegzuschmelzen, "besser, stoßen wir erst einmal auf unseren Argo an."

Nun war Effie mit ihrem text noch nicht fertig, hatte diesen morgen zeit genug gehabt sich das ganze zurecht zu legen.

"Versuche mir darüber klar zu werden, realität und fiktion, das sind eure worte, wohlgemerkt, lieber chef, lieber autor, ihr beide wisst am besten, diese begriffliche scheidung ist durchlässig und porös, wir könnten ansonsten doch gar nicht zusammen darüber sprechen. Und zu jenem artikel, die beste auskunft bekämt ihr doch von Argo selbst."

Das war ein wort, und es wirkte.

Kleiner Tellerrand, "auf deine inspiration, zum wohlsein, du wächst mir noch über den kopf."

"Ist sie schon längst", dachte der autor, hatte dann doch noch einen vorschlag, "wenn auch diese episode nicht mein einfall ist, holen wir uns von dem verfasser dieses artikels die zustimmung, diesen in mein werk einfügen zu dürfen, könnten ihn ja im impressum vermerken."

"Na ja, er zöge sicherlich vor, ich kaufte ihm den artikel ab, als in deinem werk genannt zu werden."

Damit war die Angelegenheit entschieden.

Friede, freude und eine fast geleerte flasche, nun nochmals der Brunnenfrosch, amüsiert, "unser reisender dürfte nicht wenig überrascht sein, diese rein zufällig ans tageslicht gelangte eskapade präsentiert zu bekommen, kein zweifel an seiner sicher ungewollten *täterschaft*, diesen *was kostet die welt* touristen, eine unheimlichen begegnung der *dritten art* beschert zu haben."

Ein telefon klingelte, Effie ging hinüber ins vorzimmer.

"Mr. Peakaboo fragt, ob der autor anwesend sei", rief sie, es kam kein einwand, und sie stellte durch.

"Autor, altes aus, habe einen fantastischen artikel gelesen, hochgebirgstourismus mit überraschungseffekt, ist das nicht großartig, stelle mir schon vor, entsprechendes in meinen pangalactic-pb-travels zu realisieren."

ein kleines nachspiel folgt im übernächsten kapitel.
Weiteres zu Mr. Peekaboos aktivitäten bleibt
dem dritten band, *low budget,* vorbehalten

so viel sein, so viel schein

Auf dem flachen sandstrand züngelten die auslaufenden wellen des meeres, bis sie kraftlos versickerten, eine lange spur abgelagerten planktons und treibguts hinterließen.
In diesem zwischenreich, weder wasser noch land, genoss eine uns noch nicht näher bekannte Meeresschildkröte auf ihrem weg die wärmende sonne, regelmäßig vom kühlenden nass umspült.
Aus dem wasser kommend, näherte sich eine kleine krabbe, deren beine blindlings ein eigenes ziel verfolgten, vom blick ihrer augen in abgewandter richtung, eine kollision schien unausweichlich.
"Kopflose eile tut nicht gut", rief die Meeresschildkröte, "sie sehen mich nicht, hören mich doch hoffentlich?"
Die krabbe hielt inne, drehte sich langsam um, "ja hast du töne, dies ist mein revier, hier hat alles seine ordnung, mein mittagstisch ist gedeckt, sie stören mich bei der mahlzeit."
"Na dann guten appetit. Warum so überstürzt? Beim essen lassen wir uns besser zeit, und mich umzurennen würde ihnen weniger gut bekommen."
"Ungehörig hier herumzustehen, auch noch fremd, haben sich wohl verlaufen? Nun gut, will nicht so sein, ich sage ihnen wie sie auf ihren weg zurückfinden."
"Danke, eine weitgereiste Meereschildkröte weiß sich immer da richtig, wo sie gerade ist."
"Sind sie sicher? Sie befinden sich auf dem krabbenstrand."
"Kenne tausende von stränden, dies ist der strand am rand der zeiten."
"Viel herumgekommen, bei ihrem reisetempo? Wären sie so flink zu fuss wie ich, aber so, bei ihrer behäbigkeit?"
Vorlauter leichtfuss, dachte die Meeresschildkröte. In ihrem selbstgespräch reckte sie ihren hals aus ihrem panzer weit hinaus, mit blick gen himmel, seufzend, "so viele jahre, die welt ist und bleibt ein panoptikum der ignoranz, der torheit derer, die sich berufen fühlen. Das höchste glück des lebens

scheint mir der eintagsfliege gegönnt, hat keine zeit, dieser welt voll narrheiten gewahr zu werden."

Das kleine krebstier, sein emsiges, wenig wählerisches mahl nun doch unterbrechend, dem in den himmel gerichteten blick der fremden mißtrauisch und ängstlich folgend, sollte diese gar mit einer oben kreisenden räuberischen möwe sprechen? Also vorsicht, im nu war die krabbe in der nische eines nahen unterspülten steines verschwunden.

Weit und breit kein möwengeschrei zu hören, so wagte sie sich alsbald hervor, widmete sich unverzüglich wieder ihrem mageren speiseplan. Ohne die schildkröte eines blickes zu würdigen, mit einem kecken unterton, "versuchten wohl, mit einem der kleinen wattewölkchen da oben ins gespräch zu kommen?"

"Die dürften einen weiteren denkhorizont als unsereins vor augen haben." Warum neigten ausgerechnet die kleinsten dazu, sich so blasiert aufzuspielen?

Nun wurde die Meeresschildkröte eines sich heimlich still und leise nähernden taschenkrebses gewahr, ein riesiger verwandter dieser krabbe, hatte sich lässig mit der vor- und zurückzüngelnden gischt heranspülen lassen, und nur ein kurzer moment, schon war's um die krabbe auf ihrem heimischen krabbenstrand geschehen. Ein kurzes knacken, viel war nicht dran, der taschenkrebs strich mit einer schere über sein maul.

"Gestatten, Ace-in-the-Hole, strandauf strandab bekannt." Eine joviale begrüßung des neuankömmlings, ganz so, als wäre soeben nichts ungeheuerliches passiert, "bin heute mal etwas früher auf den beinen."

"Soll ich erfreut sein, unter solchen ungehörigen umständen ihre bekanntschaft zu machen?"

"Ganz sicher. Empfehle, wir vertreiben uns etwas die zeit", kramte derweil ein kartenspiel aus einer seiner taschen.

"Aber ich bitte sie, was war das eben, ist das eine art? Als verwandte sollten sie sich zumindest erst einmal begrüßen, ehe sie ihre animositäten austragen."

"Die großen fressen die kleinen. Macht es sinn, mich vorher erst noch zu erklären, *es tut mir leid, ich werde dich jetzt*

fressen, oder gar um zustimmung bitten?"
Der Meeresschildkröte ist das keiner antwort wert, doch ihr gegenüber ließ nicht locker.
"Denke zwischen uns beiden gilt *pari pari*. Spielen wir einen runde Mau-Mau, wer von uns das feld zu räumen hat."
"Dann hätten wir die runde besser zu dritt spielen sollen, bin kein besonders tauglicher mitspieler."
"Hätte, hätte, nicht meine wette, die kleine krabbe hätte die spielkarten doch nicht mal halten können. Also los, heben Sie ab."
Die Meeresschildkröte hob ab, Ace-in-the-Hole teilte die karten aus und legte den talon in die mitte.
"Wir spielen bis zur dritten runde, es sei denn einer gewinnt vorher die ersten beiden", erklärte er.
Es war absehbar, dass dieser durchtrainierte falschspieler schon am ende der zweiten runde in siegerlaune ausrufen durfte, "tschau sepp! Nun pack deine sachen", dann etwas versöhnlicher, "bin ja nicht so, bei einem wiedersehen steht ihnen eine revanche zu."

Die alte dame war froh, diese, von familienstreitigkeiten beherrschten strandregion, ohne weitere zumutungen oder nachstellungen endlich wieder verlassen zu dürfen.
Erfahrungen und beobachtungen eines langen lebens, der gedanke, diese mit der zeit zu einem reinen diamanten schleifen zu können, mit kristallklarem licht, der einsicht in die wirklichkeit des *großen ganzen*, das rückte in immer weitere ferne. Und welche und wessen wirklichkeit denn überhaupt?
Was weiß ich schon, dachte sei, wie es ist, eine leichtfüßige übermütige krabbe zu sein, oder ein kannibale, gleichgültig und um nichts bekümmert, dabei als spieler immer ein ass im ärmel?

Um *welche und wessen wirklichkeit*, das fragt sich nun auch der autor, hatte eine zeit lang im schreiben innegehalten. Von allen ebenen sowie vertikalen schichten vergangenen erlebens, unterschiedlich gewichteten erinnerungen, sind es die mit autobiografischer absicht verfassten, denen er am

meisten misstraut, selbstverliebtheit setzt sich gerne ein denkmal. Mögen absichten noch so lauter sein, der strom nomadisierender gedanken schwemmt allzu leicht allerlei rundgeschliffenes treibholz in die gegenwart, aber wer will das schon beurteilen, ohne sich selbst zu treffen.
Verstanden die fabeldichter es wohl an besten die rechte distanz zu wahren, soviel kann doch gesagt werden.

Der autor, nach langem waldspaziergang aus dem dämmer eines jungen fichtendickichts hinausgetreten, wieder unter dem blau des himmels, auf sonnendurchflirrter lichtung, ergebnis des fleißes der holzfäller, auf einladung eines der unzähligen hinterlassenen baumstümpfe, immerhin eine sitzgelegenheit, erleichtertes durchatmen, eine welt des hörens, ringsum aufgeregtes insekten gesummse, rascheln im hohen gras, alles gemahnt ihn daran hier eindringling zu sein. Als gast nicht willkommen, verständlich, doch langsam legen sich vorsicht und mißtrauen, akzeptiert einander, auf dieser lichtung schrumpft die zeit menschlichen maßes zu reiner bedeutungslosigkeit.
Das glück des wunschlosen augenblicks, es weiß nicht um seine gegenwart, kein verschwinden, kein verweilen, keine ankunft, den fängen der zeit entwischt, damit aber auch dem erinnern verloren, das aus ohnmacht, erst viel später, sein mildes licht ausgießt, über vergangenes das so nie gewesen, waren selbst ein anderer, nun schreibend einen goldenen schleier webend, ein kokon, beschwörung eines schlüpfenden falters, die hoffnung der zeit ein schnippchen schlagen zu können. Unter erinnerungen liegt offensichtlich eine andere schicht eines vernachlässigten *seins* verborgen, das weder geht, noch bleibt, noch kommt. Maha pranja paramita. *Those who understand this dharma will be free from idle thoughts, from illusions, from clinging to desires* ....
Das telefon läutet. Der verleger wünscht eine abschließende klärung der heimlichen eskapade des Argo in *Kattun,* der selbst auch anwesend sein wird.

haken und ösen

Der Brunnenfrosch, von der hohen warte des fensterblicks seiner verlagsetage, tief unter ihm, vom nebel geschluckt, auf dem bodensatz der hochhausschluchten, die hektik der straßen, seinen blick abwendend, den eintretenden Argo zu begrüßen, "ja wer sagt's, postwendend, auf hermesflügeln des gedanken", setzte sich hinter seinen schreibtisch, schob ein gefaltetes papierbötchen auf die leere marmorfläche.
Argo ließ sich in einen der sessel sinken, "und weiter nichts, wo ist der haken?"
"Ein fall mit haken und ösen, warten wir auf den autor."
Derweil war das schiffchen in seenot geraten, langsam mit dem bug voran zu versinken.
"Schreibt er jetzt an einem krimi?"
"Aus verlegerischer sicht wär's nicht das verkehrteste, ein regionalkrimi, lokalkolorit, in der heimat rauschen nicht nur die wälder, auch das böse liegt auf der lauer."
Argo schwieg. Beide verfolgten gebannt das szenario des sich vollendenden schiffsuntergangs.
"Also Argo, das hat was, du als ermittler, aufklärungsarbeit in stadtferner idylle, verborgene abgründe, und um noch so mysteriös erscheinendes wird eine strenge logische schnur geknotet, spannung bis zum verblüffenden ende."
"Erzähl's dem autor, er bräuchte dazu anderes personal."
Dem schiffe versenkenden verleger mochte der schalk im nacken sitzen, "ein in die provinz versetzter neuer leiter des kommissariats, ruhe und buchlektüre liebend, eine schrulle die das böse leichtsinnig werden lässt, du endlich mal eine berufung findest, mit dem scharfsinn deines bücherwissens zum held der gemeinde aufsteigst."
Argo zog's vor weiter zu schweigen.
Mittlerweile, auf dem schreibtisch nicht mehr die geringste spur von der existenz des papierbootes, die mormorplatte ungetrübte unschuld wie eh und je. Währenddessen war der autor unbemerkt eingetreten, "grüße euch. Aber noch ist

mir kein krimi im sinn. Argo als verdöster schnüffler, nur Lucy Haven, die intuitiv agierende kommissarin, verhindert schlimmeres. Doch wehe wenn ich auf das ende sehe, es keine logisch kausale lösung des falls gibt und der leser mit noch mehr ungereimtheiten zurück gelassen wird", mit blick zu Argo, "danke, bist also meiner bitte zu einer aussprache gefolgt."
Argo, "aussprache, also doch ein fall mit haken und ösen?"
"Nun, eher eine mysteriöse rätselfrage, was wäre wenn?"
"Eine philosophische frage, wechseln wir dazu an die theke des *Divin Duck*."
Der autor überhörte dies geflissentlich, wusste er doch zu gut, die orte seiner fantasie, einmal erschaffen, entfalten eine realität, von der er leider ausgeschlossen blieb. Zurück zu seinem punkt, "vom Kashmirtal hast du schon gehört?"
"Die reise des Sh'rat mit Arun Ahimsa nach China."
"Und deine empfehlung für eine angemessene reiselektüre für das *Dach der Welt*?"
"weiß ich, was der Sh'rat zu lesen bevorzugt."
"Was würdest du selbst mitnehmen?"
"Zur erfahrung der entrückten welt des hochgebirges, dann *Desolation Angels* vielleicht?"
Der autor schwieg. Argo, "oder *Nachtflug*?"

Der Dschinn leise zu Argo, "*Der verlorene Horizont,* hatte ich dir mal zugesteckt, erinnere dich."
Argo zog vor zu schweigen, abwarten.
Der Brunnenfrosch, "Kommen wir zur sache. Da befinden sich zwei bergsteigertouristen auf den letzten metern vor erfüllung ihres lebenstraums, ein gipfel jener genannten region. Ihr vertrauen auf das finanziell rundum gesicherte abenteuer wurde auf übernatürliche weise erschüttert, also kurzum, sie bringen von dort das erste gespensterfoto mit, auf dem die erscheinung sichtbar blieb. Findest du das nicht sensationell?"
"Also doch etwas für kriminalistische ermittlungen? Diese geschichte passt mir besser in die schottischen highlands, hexen im nebel und wälder die durch die gegend wandern."

"Aber das ist nichts gegen einen geist auf einer parkbank im gleißenden sonnenschein, hoch oben auf einem der gipfel des *Nanga Parbat,* in eine buchlektüre vertieft."

Der autor hielt Argo den uns den artikel aus *Trevira*, der hauptstadt von *Kattun*, vor die nase, "na, dann lies mal."

Auf dem schreibtisch steuerte das nächste schiffsdrama seinem höhepunkt zu, fest in der hand des unersättlichen kosmischen strudels. Der autor war abgelenkt.

Argo gedachte nicht klein beizugeben, privat ist privat, er räusperte sich, "darf ich hieraus ein weiteres bötchen vom stapel laufen lassen."

Der autor, "das ist alles, was es dazu zu sagen gibt?"

"Fiktion und realität sind diffundierende membranen."

"Bitte nicht so gestelzt, wenn auch Effie sich so ähnlich dazu äußerte. Eigenmächtiges handeln hat doch seinen grenzen."

"Keine weiteren extravaganzen, versprochen."

"Also gut, lassen wir die kirche im dorf, bauschen wir nichts auf. Sancho Pansa würde dazu sagen, *ein wort ist ein hauch, ein hauch ist ein wind*. Die angelegenheit wurde inzwischen schon geregelt. Der verfasser des artikels hat dem abdruck in meinem werk zugestimmt."

Der Brunnenfrosch, ohne aufzublicken, "na ja, er hat dafür verdammt guten reibach gemacht."

Auf der schreibtischmarmorplatte hatte sich der kosmische wellengang wieder geglättet. Nicht zu bestreiten, Kleiner Tellerrand war dem gespräch aufmerksam gefolgt.

Andererseits stellt sein abschließendes wort dies wieder in frage, "synchronizitäten der ereignisse entziehen sich dem analytischen verstand. Wenn das gemeinsinnige band der kleinsten physikalischen teilchen über größte entfernungen im universum bestehen bleibt, sie sich nicht aus den augen verlieren, ja was folgt daraus?"

Die beiden anderen blickten einander verlegen an. Für jede plausible folgerung eine zu hohe mauer, dahinter lauerte womöglich eine *Chuang-tzu'sche* wahrheit. Endlich aus ihrer verlegenheit erlöst, "... folglich dürfte das gesagte auch für naheliegendes gelten." Ohne jedes weitere wort, schob Effie Perinée den getränkewagen herein.

ein maulwurf hoch hinaus

Vorsichtig schuppernd steckte der maulwurf sein nase ins freie, "frische luft tut auch mal gut" und wagte sich weiter nach draußen. Ein wiesengrund, ein gluckerndes bächlein in jugendlichem übermut, heiter über stock und stein.
Beiderseits des üppigen grün richtete sich steiles felsgestein auf, verlor sich in schwindelnde höhen tiefblauen himmels, in einer galerie weiß gekrönter häupter eines gewaltigen gebirges.
Staunend blickte der maulwurf um sich, blinzelnd, kaum zu glauben wohin es ihn verschlagen hatte.
"Ja so was, wer sagt's denn", eine unmittelbar nahe stimme überraschte den ankömmling.
"Gestatten, Platon der Maulwurf, wer sind sie, und wo bin ich hier überhaupt?"
"Willkommen im hochgebirge, bin das Murmeltier."
"Wenn nur das licht nicht so grell wäre, es macht ja blind, aber die frische luft hat was."
"Klare luft und klarer verstand, mein freund. Wer ein so ausdauernd unterirdisches leben führt, verliert allzu leicht die orientierung, übers ziel hoch hinaus gebuddelt."
"Wäre da nicht das geschwätzige bächlein, es schien mir, die zeit stände still, ein fast jenseitig verlassener ort."
"Gut ding will weile haben. Gar nicht so verlassen. Komm, ich stell dich jemandem vor, ist auch nicht von hier."

Sich mal im freien die füße vertreten konnte nicht verkehrt sein, und so folgte Platon dem Murmeltier. Entlang des quellbachs näherten sie sich einer ansteigenden steinernen barriere, hier sprang das gewässer ihnen über steile stufen entgegen. Dann schließlich nach oben geschafft, vor ihnen ausgebreitet, ein smaragdfarbener glasklarer bergsee, den himmel spiegelnd. Oberhalb des seeufers, zwischen gras und gestein abgestellt, eine komfortabel aussehende stabile sitzbank, seitlich ein papierkorb angebracht. Sollte dies das ziel des Murmeltiers sein?

Platon, sichtlich verwundert, "eine seltsame möbilierung für diesen unwirklichen ort."
"Glaub nur nicht, ein verein der naturfreunde hätte die bank aufgestellt, ich weiß es besser."
"Denke an bänke am wegesrand von parkwiesen, ein spaß unter einem der füsse einen hohlraum graben und abwarten was passiert, sobald es sich jemand bequem macht."
"Aha, mit schelm gefüttert."
"Nicht so etepetete, nur ein harmloser spaß. Der boden, auf dem die menschen sich wähnen, ist so sicher nicht, wie sie glauben. Ich kuriere sie davon."
"Aber mit erdbeben hast du nichts am hut?"
"Eine nummer zu groß."
"Du beabsichtigst auch nicht, hier mit deiner unterirdischen wühlarbeit sonstigen schabernack zu veranstalten?"
"Du wolltest mich jemandem vorstellen."
"Haben leider kein glück, der besitzer dieser bank, scheint heute nicht da zu sein."
"Kein bedarf, einen menschen kennenzulernen, bei denen bin ich nicht sonderlich beliebt."
"Dieser täte keiner fliege was, meist am lesen, oder im gras ausgestreckt, auf dem rücken, mit dem blick stundenlange gratwanderungen, über die ringsum versammelten gipfel, in der früh oder abends ihre eisigen hauben vom sonnenlicht entzündet, als wären es himmelspforten, so erklärte er mir das."
Platon, "alles nur gaukelspiel des lichts."
"Ein philosoph also. So auch mein freund, kann über alles endlos sinnieren. Manchmal anwesend, auch ohne die bank, oder wie heute, sie zurückgelassen. Habe ihn nie kommen und gehen sehen. Frage nichts näheres, vertraue ihm."
"Vielleicht ein faulpelz? Mein hier sein ist erklärlich, ergebnis meines fleißes."
"Das dürfte dem mann fremd sein. Was hast du jetzt vor?"
"Zugegeben, ein bisschen zu viel und zu weit gegraben, all die letzte zeit. Wie du mir rätst, erst einmal erholen, unten im wiesengrund am bach, für mich, zum zeitvertreib gibt's auch da im kleinen genug zu schaffen und zu wirken."

ein maulwurf Platon gerufen

ein maulwurf
Platon gerufen
sagt fest
und bestimmt
er könne gut verstehen
der welt des lichtes
sei zu misstrauen
nichts mehr
als gaukelei

Minervas eule meint
ein weniges an licht
das ginge schon
schwingen sich
gleich mir
in der dämmerung
auch des philosophen
kühne gedanken
auf zu freiem flug

was redet ihr da
vermeldet zaghaft
eine namenlose
kleine lerche
die farben der welt
des himmels
endlos tiefes blau
sind meines gesanges
höchste inspiration

Tagebucheinträge eines angehenden studiosus
auf seinem gefahrvollen weg in die landeshauptstadt

I
Erst wenige tage unterwegs, folgte den ausgefahrenen spuren der postkutschen und reisekarossen, sie wiesen mir den weg in die landeshauptstadt. Hin und wieder überholten sie mich oder kamen mir entgegen, das wiehern der pferde war mir frühzeitige warnung, nach möglichkeit versteckte ich mich, das glück war auf meiner seite.
An den poststationen, den herbergen und schankstuben kreuzten sich viele wege, auch mit denen des einheimischen landvolks. Erlaubte mir gelegentlich gegen abend hier und da zu einem bier einzukehren. Später ließ sich für die nacht, meist in einer scheune, immer noch ein schlafplatz finden.

II
Meine reise schien unter einem guten stern zu stehen, möchte ihn zufall taufen. Dort oben, mir gewogen, ersparte er mir so manche widrigkeiten. Besonders in diesem land, in dem aus guten gründen die redensart galt, *ab nach Schlamassel.* Eine warnung an alle jungen burschen, ob bauernsöhne, wandernde handwerker oder angehende studiosi, wie ich es bin, vor den häschern des landesfürsten.

III
Den namen des gasthauses, *Zum Landsknecht,* wollte ich nicht, der vorsicht vorauseilend, als schlechtes omen sehen, mein verhältnis zum zufall blieb von zuversichtlicher art. Ich konnte mir eine suppe und einen krug bier leisten, hatte mein vermögen umsichtig eingeteilt, gewohnt sofort zu zahlen, ehe mit jedem weiterem trunk im dachstübchen irgendwelche flausen einzug halten konnten.

Eine berückende, unentrinnbar einnehmende schankmamsel verstand sich auf einträgliches schäkern mit gästen, von einer souveränen zugewandtheit. Mir schien sie auf stillere, neugierig zurückhaltende weise zugetan.

An einem zum glück entfernteren tisch, unübersehbar die zivile camouflage zweier werber und häscher des militärs, einen jungen bauernburschen aus dem ort in der mache, linsten auch immer wieder zu mir herüber, zu dritt noch emsig auf würfel und suff konzentriert, ihr opfer sollte ihnen nicht mehr entwischen.

Die erwähnte mamsell, zufallsgöttin, brachte mir einen krug bier und warnte mich, "ist zwar bezahlt, sie sehen, die zwei bauernfänger dort drüben möchten sie vorwärmen, eine anzahlung, mit ihnen ins gespräch kommen."

"Danke", erwiderte ich ohne aufzublicken.

"Mein name ist Lucia, wünschte sie behalten mich in guter erinnerung."

Ich erhob mich gelassen, dem anschein nach, nur mal kurz auszutreten, mich zu erleichtern, ehe ich das spendierte maß antrinken würde, nickte den werbern freundlich zu, trat gelassen hinaus auf den flur, von dort, ohne noch zu zögern nach draußen.

IV

Tat gut, beine vertreten, und die frische luft tat das ihrige. Für eine soeben eingetroffene, geräumige doppelsitzige postchaise sollten die pferde gewechselt werden.

"Nur ein kurzer aufenthalt", gemahnte der postillion seine reisenden, die ausgestiegen, noch unentschlossen vor dem gefährt standen.

"Die damen mögen sich kurz pudern, die herren sich geistig erfrischen, aber die weiterreise drängt, zum fahrplan haben wir leider einige verspätung."

Ein äußerst vornehm gekleideter herr, ein sternorden am revers seines reisemantels, vor dem rechten auge einen zwicker eingeklemmt, den er mit einer hand ständig neu justierte, demonstrierte wohl auf diese weise, hier habe ihm niemand subalternes anweisungen zu geben. Er entfernte sich wortlos, wusste er doch, ohne ihn würde die kutsche nicht abfahren. Auch alle anderen reisenden hatten sich in den *Landsknecht* begeben.

V

Der postillon blieb für einige zeit alleine, beaufsichtigte den wechsel der pferde, die knechte der poststation verrichteten ihre arbeit mechanisch, sonstiges schien ihnen gleichgültig. Verlegen sprach ich den kutscher an und bat ihn, mir zu gestatten, später eine zeit lang auf dem hinteren trittbrett der karosse mitfahren zu dürfen.
"Sie reisen alleine, ein studioso, wie? Ausgerechnet *ab nach Schlamassel,* das auch noch freiwillig?"
"Höhle des löwen, richtig, aber der künste wegen. Schwer den überall lauernden werbern auf dauer zu entkommen."

"Ich weiß, unser landesherr denkt, in seinem volk wachsen die jungen männer wie hohle kohlköpfe heran, als wär's sein privater gemüsegarten, sie nach bestem gebot nach übersee zu verschiffen, derweil der eigenen erbauung und muße dienlich, er sich an seinem rosengarten ergötzt."
"Sie haben verständnis für meine lage, so scheint's? In der schankstube sitzen zwei häscher des landesfürsten, sie haben auf mich schon die angel ausgelegt, warten nur auf meine rückehr vom pinkeln."
"Bleiben sie hier draußen, möglichst unsichtbar im dunklen. Mein erstes *hü* noch vor dem peitschknallen, sollte ihnen reichen aufzuspringen."

VI

So schnell, wenn auch sehr unbequem, bin ich noch nie gereist und konnte mich immerhin auch während der fahrt erleichtern, was den insassen in dieser weise nicht möglich war. Dazu wurde zwar nächtlich ein, zweimal angehalten, aber in der eile, mit der sich alle ins gebüsch schlugen, wurde ich von keinem der reisenden entdeckt.

VII

Am nächsten morgen, die frühe sonne zeigte sich von ihrer besten seite dem noch verschlafenen tag auf die beine zu helfen, ein munteres flüsschen uns den weg entlang seines rechten ufers wies, an dieser stelle wohl kaum schiffbar, floss aber in richtung der residenzhauptstadt, und so folgte unser hermes auf dem kutschbock den windungen der gut befestigten uferstraße. Es gab nur wenige steigungen, wenn auch länger als der direkte weg durch die wälder, war aber doch der bequemere und sicherere.

VIII

Unerwartet, ein abrupt heftiger halt riss mich aus meinen träumereien, friedliche stille, nur erleichtertes schnaufen der pferde, das flüsschen plätscherte, kein blöken, muhen oder rufe, was die nähe eines dorfes oder gehöfts angezeigt hätte, statt dessen vielstimmiger vogelsang, nahes zirpen im gras am rand des weges. Was sollte ich tun?

Die sonne stand zwar schon auf südost, doch noch rührte sich nichts hinter den geschlossenen fenstervorhängen der karosse, die reisenden benötigen sicher noch zeit, dieser ungeplanten unterbrechung gewahr zu werden.

Sollte ich abspringen, mich verstecken?

Der postillon war von seinem kutschbock gestiegen, vor der geschlossenen wagentür, zu den insassen, "bitte bleiben sie sitzen. Vor uns möglicherweise reisende, die meine hilfe benötigen."

An mich gewandt, "bitte kommen sie mit, mal in erfahrung bringen, was den leuten da vorne passiert ist."

Mitten auf dem fahrweg stand eine verlassene sitzbank, ohne fahrgestell und räder, geschweige denn dazugehörige pferde. Vom tiefer gelegenen ufer des flüsschen kamen uns zwei personen entgegen und winkten uns zur begrüßung freundlich zu.

"Grüß gott, ihr da, ist keiner verletzt?" rief der postillon und blickte wieder verwundert zu der auf dem fahrweg einsam verbliebenen sitzbank.

"Seien sie auch gegrüßt, aber verletzt, warum? Richtig, wie vergesslich von uns, entschuldigen sie vielmals, die bank versperrt ihnen natürlich den weg zur weiterfahrt."

Dann aber, eine stimme, wie aus dem hinterhalt, "ganz und gar nicht *richtig*, eine schweinerei."

Hinter uns hatte sich der herr mit zwicker postiert, uns voller zorn taxierend, insbesondere die fremden und mich.

"Ein hinterhalt niederträchtiger *sansculottes*, und dann noch gleich drei von diesem gesindel."
Unüberhörbar, die beiden fremdartig gekleideten hielt er für wegelagerer, wegen meiner hellen leinenhosen mich gleich einbeschlossen. "Herr postillon, wenn sie nicht für unsere sicherheit sorgen können", und der empörte zog eine kleine goldene taschenpistole aus seinem revers hervor.
"Das mag ihre ansicht sein, werter herr", wand der postillon ein, "die zeiten ändern sich und bringen neue wahrheiten an den tag, die ihnen nicht so recht passen mögen. Stecken sie das dingeling wieder weg."

Die beiden fremden schienen nicht fassen zu können, was sich da vor ihnen abspielte, blickten einander fragend an, "haben wir uns in der zeit verirrt?" Sprachen im weiteren leise miteinander.
Der postillon der das so weit auch mitgehört hatte, zog seine postuhr aus der tasche, "es ist jetzt viertel vor zehn, geht zügig gegen mittag."
"Ohh, ja danke", erwiderte einer der langhosen gekleideten freundlich mit sanft weiblicher stimme.
"Nun auch noch eine blaustrumpf *sansculotte!*"
Der monokelträger richtete abwehrend sein pistölchen auf die frauensperson.
Mittlerweile hatten sich auch die anderen passagiere der kutsche eingefunden. Die damen zeigten sich empört über das dreiste auftreten ihres mitreisenden mit monokel und übergroßen sternorden, insbesondere die drohgebärde mit seinem dingeling fanden sie völlig deplatziert.
Die fehlende unterstützung verunsicherte ihn. Was immer er noch sagen wollte wurde nicht gehört, seine anwesenheit mit nichtbeachtung quittiert.
Die blaustrumpf gescholtene frau war von unbestreitbarer ungenierter lässigkeit gekleidet, hemd und weite hose als bequeme verhüllung, kein mieder, kein korsett und sonstige foltern guten geschmacks. Die zwei damen der reisegruppe hatten sich schnell mit ihr bekannt gemacht, bekundeten einander vollste sympathie.

Ein weiterer männlicher reisender, der sich offensichtlich nicht von seiner reisetasche trennen konnte, hielt diese umständlich unter den arm geklemmt, wandte sich nun an den beleidigt zurückgetretenen zwickel- und ordensträger.

"Sind banditen, die bank dient nur als barrikade, man hört ja so einiges aus dem Franzosenland", wirkte tatsächlich äußerst verängstigt, "ich bin aus dem bankgewerbe."
"Sie sagen mir nichts neues", raunzte ihn das Monokel an, "und auch gerüchte über postillions, die mit fragwürdigen kreisen sympathisieren, heimliche komplizenschaften, von solchen umtrieben hört man ja immer häufiger."

Der postillion zog mich demonstrativ an seine seite, und an die umstehenden gerichtet, "nehmen sie es zur kenntnis, mit respekt, dieser hier ist mein assistent."
Ein erstes mal, dass mir eine anstellung in aussicht stand. Mich in dieser position zu sehen, schien besonders die herren nun doch etwas zu verwundern.
Der postillion, "er fährt mit mir auf dem kutschbock. Wenn sie das noch nicht wahrgenommen haben, nichts neues, dass manche herren diejenigen, auf die sie herabblicken, gerne übersehen, sehen nur was ihnen bequemt, vorurteile machen blind."
"Keinem niedrigen standes ist erlaubt, mit einem landrat auf diese weise zu reden", eine hand ruckelte nervös an seinem zwickel, die andere fuchtelte wieder unkontrolliert mit dem pistölchen, nicht mehr wissend von wo denn nun die größte gefahr drohte.
Ein dritter männlicher mitreisender, bisher zurückhaltend im hintergrund, schwarzer umhang, eine art soutane, trat nun vor den Sternorden, "stecken sie erst einmal ihr spielzeug weg, ist kein gutes argument zur verständigung."
Der begleiter der *blaustrumpf* dame verlangte endlich auch angehört zu werden.
"Unsere unachtsamkeit darf kein anlass sein, dass eine so ehrenhafte nette reisegesellschaft die fahrt im unfrieden fortsetzt. Wir werden die bank sofort zur seite rücken, und sie können beruhigt weiterreisen."

Gesagt getan, die beiden fremden schoben die bank an den straßenrand, mit einer derartigen leichtigkeit als schwebte sie über dem boden. Die frau erschien mir von großer ähnlichkeit mit der schankmamsell Lucia, oder war das nur eine wunschprojektion verpasster gelegenheit? Auch sie nahm mich mit mir gewogeneren blicken wahr, als all die anderen umstehenden, und so tauschten wir immer wieder verschmitzt heimliche blicke.
Die stimme des postillon unterbrach meine romanze, "wir können ihnen doch bestimmt weiterhelfen", ein praktisch veranlagter geist, "werde am besten einen bauern aus dem nächsten dorf bestellen. Bringt sie mit bank zum schmied, ein neues radgestell, wenigstens als offene kutsche, ein pferd sollte auch zu bekommen sein, so dass ihr pechvögel eure reise wieder aufnehmen könnt."
"Sehr freundlich," die beiden bedankten sich, "wir kommen bestens zurecht, auf unsere weise."

Blieb nur, uns mit besten wünschen zu verabschieden. Der zwickelräger und der bankfachmann mit dem aktenkoffer hatten sich mittlerweile sauertöpfisch entfernt, miteinander tuschelnd standen sie neben der karosse.
Als alle wieder platz genommen hatten, ich jetzt vorne auf dem kutschbank, ging die reise weiter.
"Ich werde denen trotzdem hilfe schicken", der postillon blickte mich fragend an.
"Ja, bin auch ganz dafür, war ein ungewohnt angenehm unaufgeregtes paar", bestätigte ich, "wie aus besseren zeiten."
"Wären dringend angesagt", sinnierte mein gönner neben mir, "diese karikatur eines landrates, je betuchter, desto größer die furcht, was ihnen genommen werden könnte, ahnen, ihren privilegien blockieren jegliche zukunft, und verkürzen damit ihre eigene."

Ich blickte nochmals zurück, und dabei schien es mir als flöge die sitzbank mit den beiden hoch über uns hinweg und verschwand hinter dem bergrücken auf der anderen seite des flusses.

randonneur au bord
de l' univers visible

Anmerkungen des Verlegers

Seite 6
Abbildung: Yijing Kapitel 56 »LÜ – Der Wanderer«

Seite 8 / und Seite 61
... ein exemplarisch "*naturabtrünniges Mängelwesen*", von
Hans Peter Thurn ausführlich thematisiert, unter anderem in seinen
Werken:
»Kulturbegründer und Weltzerstörer - Der Mensch im Zwiespalt seiner
Möglichkeiten« (1990)
»Kultur im Widerspruch - Analysen und Perspektiven« (2001)

Seite 13
Abbildung: Yijing Kapitel 3, »DSCHUN – Die Anfangsschwierigkeit«

Seite 19
Die Überschrift des Kapitels zitiert einen Radiosprecher in dem Film
»The Fare« (2018), von und mit Brianna Kellly.

Seite 42
Der geistige Vater des *"Willen zum Verzehr"* war ein deutscher
Schein-buddha namens Ludwig Erhardt, zigarrenschmökend und
wohlbeleibt. Als mittel zur Gewichtsabnahme hatte er für sich selbst
das Konsum Hamsterrad allerdings nicht vor Augen.

Seite 43
»*Mind Over Matter*«
Titel der R&B und Soul Sängerin Millie Jackson
 aus dem Album »An Imitation of Love« 1986

Seite 46
"*Diskursives Wachtrauma*"
September 2018. Ein deutscher Außenminister, mit hilflosem Blick auf
radikalpolitische Ausschreitungen: "Da müssen wir dann auch mal
vom Sofa hochkommen und den Mund aufmachen." Wie wahr, aber
bitte nicht in kollektiv konditioniertem Einklang. Und weiter, "die Jahre
des diskursiven Wachkomas müssen ein Ende haben." Den Diskurs
auf die Straße tragen, geronnen zu plakativen Meinungen, letztes
Aufgebot demokratischen Gemeinsinns? Engstirnig einander die Stirn
bieten.

Seite 47
Michail Bulgakov (1891 - 1940) »Der Meister und Margerita«
1966 erstmals mit noch erheblichen Kürzungen gedruckt.

Seite 53
With my back to the world, ein Ausspruch von Agnes Martin, verweist
unter anderem auf das 46. Koan des »Bi Yän Lu«:
»Djing-tjing's Regentropfengeräusch« eine Lektion über den Lärm der
Welt. Wilhelm Gundert: "... Wir haben ihr den Rücken zugekehrt, ... je
mächtiger die Stille, um so störender das Rauschen ... "

Seite 53
»Das unbekannte Meisterwerk«
eine fiktive Erzählung von Honoré de Balzac

seite 60
Der Theologe Martin Luther, Lehrbeispiel des Selbsthasses, schwelgte
in endzeitvisionen, "Und wenn die Welt voll Teufel wär' und wollt' uns
gar verschlingen, so fürchten wir uns nicht so sehr, es soll uns doch
gelingen."
Nur wie? War ihm die Kraft des Freien Willens doch des Teufels.

Seite 71 – 74
die altägyptische *Ma'at,* Göttin der gerechten Ordnung, Eindämmung
des Chaos, Tochter des Göttervaters *Ra,* auch *Auge des Ra* genannt.

Seite 81
»Der Ring des Polykrates« Friedrich Schiller
Der Herrscher über Samos glaubt sich auserwählt und über alles
erhaben, hört nicht auf die Warnungen seines ägyptischen Gastes, der
rechtzeitig die Flucht ergriff, nicht, wie zu befürchten war, im Strudel
des Untergangs dieses Hochmütigen mitgerissen zu werden.

Seite 90
"Siderale technologie"
wer darüber aus berufenem Munde mehr erfahren möchte, dem sei
die Lektüre Stanislaw Lems Roman, »Fiasko« (1986) empfohlen.

Seite 96
... die wege des *Einsiedlers vom Kalten Berg*
Han-Shan (8. Jahrh. / T'ang-Zeit)
Eine Sammlung seiner Verse:
»150 Gedichte vom Kalten Berg« Diederichs Gelbe Reihe 1974

Seite 99 – 101
Damit hat sich Mr. Jones noch nicht aus dem Narrativ verabschiedet.
Er wird dem Leser im übernächsten Band, »grinder manuskripte IV«,
wieder begegnen.

Seite 119
Am Schluss, wenige Worte aus einem Sutra des chinesischen sechsten
Patriarchen Hui-Nëng, jap. Ro-ku-so E-nô, (638–713). Vater des
"Südlichen Zen"

Ein besonderer dank gilt der musikalischen leitung,
madame Luthiste aus dem fernen system der Vega.

Mit ihrer orchstrierung hat sie den raum der stille
ins zeitlose erweitert, so dass leser nur noch ihre
augen zu schließen brauchten, alle ungereimtheiten
der lektüre blieben ausgeräumt.

Inhalt

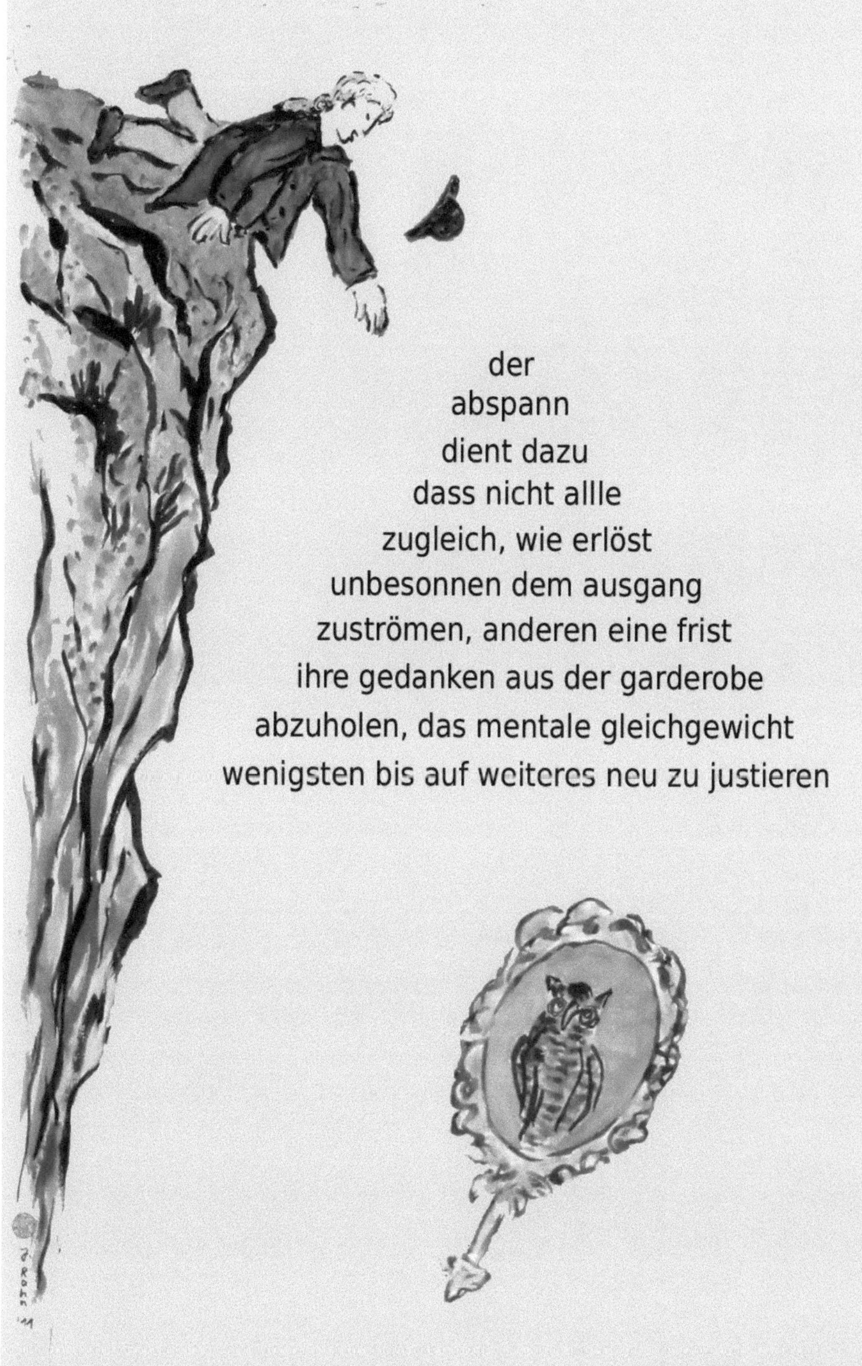

der
abspann
dient dazu
dass nicht allle
zugleich, wie erlöst
unbesonnen dem ausgang
zuströmen, anderen eine frist
ihre gedanken aus der garderobe
abzuholen, das mentale gleichgewicht
wenigsten bis auf weiteres neu zu justieren

FSC
www.fsc.org
MIX
Papier aus ver-
antwortungsvollen
Quellen
Paper from
responsible sources
FSC® C105338